서울대
한국어 +

Student's Book

서울대학교 언어교육원 지음

장소원 | 김수영 | 김미숙 | 백승주

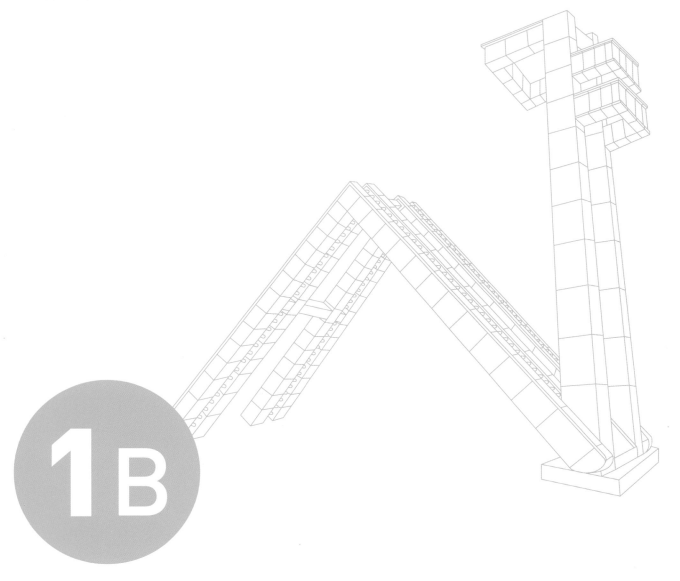

1B

서울대학교출판문화원

머리말

《서울대 한국어+》는 한국어 학습자들의 효율적이고 단계적인 한국어 능력 향상을 목적으로 서울대학교 언어교육원의 오랜 교육 경험을 바탕으로 기획되었습니다. 이 시리즈는 한국어 학습자들의 한국어 표현 영역과 이해 영역의 고른 향상을 목표로 말하기, 듣기, 읽기, 쓰기 네 가지 기능을 고루 향상할 수 있도록 구성된 학습자 친화형 교재이자 학습자들의 주도적 학습을 위한 교재로 기획되었습니다.

《서울대 한국어+ Student's Book 1B》는 한국어를 처음 접하는 성인 한국어 학습자들이 약 200시간의 정규과정을 통해 친숙한 주제와 내용으로 한국어 학습의 첫 단계를 시작할 수 있게 구성하였습니다. 이 교재의 시작은 어휘 영역으로, 그림을 통해 학습자들의 이해를 돕고자 하나의 장면 안에 해당 어휘가 사용되는 상황을 제시함으로써 이를 보면서 개별 어휘의 의미를 이해하고 익힐 수 있도록 하였습니다.

기존의 교재가 문법과 표현을 전면에 제시한 것과 달리 이 교재에서는 문법을 별도의 책으로 구성하여 학습자들이 먼저 문법과 표현을 익힌 후 주교재의 활동을 통해 내재화할 수 있도록 하였습니다.

말하기 활동을 강화하여 학습자들이 익힌 어휘와 문법을 실제 상황에 유용하게 활용할 수 있도록 하였습니다. 또한 듣기와 읽기 활동은 전-본-후 단계를 거치도록 구성하였는데 실제성이 높고 유용한 담화를 활용하여 듣기와 읽기를 강화하고 학습자의 의사소통 능력을 향상하고자 하였습니다. 모든 말하기, 듣기, 읽기 내용을 교재 내 QR 코드를 활용한 음성 자료로 제시함으로써 학습자들이 쉽게 활용할 수 있도록 하였습니다.

쓰기 영역 역시 단계적으로 구성하여 학습자들이 과정 중심의 쓰기 활동을 통해 표현 능력을 향상할 수 있게 하였습니다. 또한 각 단원의 과제는 실제성을 고려하여 목표에 이르기까지 단계별 과정을 거쳐 완성도를 높였고 각 단원에서 학습한 어휘와 문법을 충분히 활용하여 익힐 수 있도록 하였습니다.

문화 영역은 그림이나 사진을 충분히 활용함으로써 초급 학습자들도 한국의 문화를 쉽게 이해할 수 있도록 하였는데 특히 실생활과 밀접한 내용을 담아 학습자들에게 유용하도록 구성하였을 뿐만 아니라 수동적인 문화 학습을 벗어나 학습자가 참여하여 이야기할 수 있도록 상호문화적인 내용도 담았습니다.

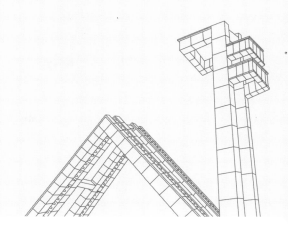

발음은 필수적인 발음만 제시하고 이와 연계하여 복습에서 정리할 수 있도록 하였고, 영어권 학습자를 위해 지시문, 새 어휘, 대화문, 문법 설명과 문화 부분을 영어로 번역하여 제시하였습니다. 마지막으로 이 책의 특징 가운데 하나는 한글 자모를 책 속 소책자(book-in-book) 형태로 제공함으로써 학습자의 편의를 도모한 것입니다.

한국어 표현 중에 옷을 입을 때에는 '첫 단추를 잘 끼워야 한다'는 말이 있습니다. 옷의 첫 단추를 잘 끼우지 않으면 옷 매무새가 흐트러지듯이 한국어를 배울 때에도 시작을 잘해야 길을 잃지 않고 손쉽게 한국어를 익힐 수 있습니다. 《서울대 한국어+》로 한국어 학습의 첫 단추를 잘 끼우시기 바랍니다.

이 책이 나오기까지 정말 많은 분들의 수고가 있었습니다. 서울대학교 국어국문학과 장소원 교수님은 《서울대 한국어+》 1~6급 교재의 개발을 위한 사전 연구부터 시작해서 전체적인 작업을 총괄해 주셨고, 1급 교재의 집필을 총괄한 김수영 교수님을 비롯해서 김미숙, 백승주 선생님은 오랜 기간 원고 집필뿐 아니라 검토와 편집 작업에 깊이 관여하며 《서울대 한국어+》의 전체적인 모습을 완성해 주셨습니다. 또 1급 교재 전권의 내용뿐 아니라 녹음 과정까지 일일이 챙겨 주신 김은애 교수님의 감수와 한재영 교수님, 최은규 교수님의 자문이 없었다면 지금과 같은 책의 완성도를 기대하기 어려웠음을 잘 알고 있습니다. 깊이 감사드립니다. 그리고 영어 번역을 맡아 주신 이소명 번역가와 번역 감수를 맡아 주신 UCLA 손성옥 교수님, 그리고 멋진 삽화 작업으로 빛나는 책을 만들어 주신 ㈜예성크리에이티브 분들께도 감사드립니다. 또 녹음을 담당해 주신 성우 김성연, 이상운 선생님과 2022년 봄학기에 미리 샘플 단원을 사용한 후 소중한 의견을 주신 1급의 강수빈, 강은숙, 민유미, 신윤희, 이수정, 조은주, 하승현, 현혜미 선생님께도 진심으로 감사의 말씀을 드립니다. 마지막으로 학술 도서와 성격이 다른 한국어 교재의 출판을 결정하고 물심양면으로 지원해 주신 서울대학교출판문화원 이준웅 원장님과, 힘든 과정을 감수하신 관계자분들께 깊이 감사드립니다.

2022년 8월
서울대학교 언어교육원 원장
이호영

前言

　　《首爾大學韓國語+》是根據首爾大學語言教育院長久以來的教育經驗所編寫，旨在有效且階段性提升韓語學習者的韓語能力。本系列的目標在於全面發展韓語學習者的韓語表達領域與理解領域，使其均衡強化會話、聽力、閱讀、寫作四種能力，不僅是對學習者相當友善的教材，也是引導學習者自主學習的教材。

　　《首爾大學韓國語+ Student's Book 1B》針對初次接觸韓語的成人韓語學習者，設計約200小時的正規課程，透過熟悉的主題和內容展開韓語學習的第一步。本教材每一課開頭皆為詞彙領域，在一個場景內提示各個單字使用的情境，利用圖片提高學習者的理解程度。學習者可以看著課前情境圖，掌握並熟悉個別單字的意義。

　　過去韓語教材多在課前提示文法和表現，本教材則是另外編寫一冊文法說明，讓學習者先熟悉文法和表現後，再透過主教材的課內活動完全吸收。

　　本教材加強會話活動，使學習者能將學過的詞彙和文法有效應用於實際情況中。此外，聽力與閱讀活動分為前、中、後三個階段，希望利用貼近現實且實用的對話，強化學習者的聽力與閱讀，提升其溝通能力。教材內所有會話、聽力、閱讀內容，皆可透過QR code取得音檔資料，學習者使用上更加方便。

　　寫作領域同樣採取階段式學習，透過專為課程設計的寫作活動，學習者將可提升表達能力。此外，各單元的課堂活動皆考量實用性，使學習者在達到學習目標前，能藉由各階段課程提高學習成效，並且妥善運用各單元所學到的詞彙與文法。

　　文化領域在編排上利用圖案或照片，使初級學習者也能輕易理解韓國文化，其中更有與實際生活緊密相關的內容，對學習者而言相當實用。除此之外，文化領域擺脫被動的文化學習，加入跨文化的內容，引導學習者主動參與並回答。

　　發音部分只列出必備的發音知識，方便學習者日後複習整理。為服務英語圈學習者，本教材也將說明、新單字、對話、文法解說和文化部分翻譯為英文，與韓語並列（註：中文版為中、韓對照）。

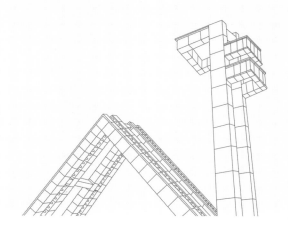

　　韓語有句俗話說：「第一顆扣子要扣好。」（譯註：意思相近於「差之毫釐，失之千里」）衣服的第一顆扣子沒扣好，看起來自然衣衫不整，同樣的道理，學習韓語也必須有好的開始，才能將韓語學好，不會迷失了道路。希望透過這套《首爾大學韓國語+》，幫助各位將韓語學習的第一顆扣子扣好。

　　本教材的出版，有賴許多人的大力協助。首爾大學韓國語文學系張素媛教授從《首爾大學韓國語+》1到6級教材開發前的研究開始，全權負責所有編寫作業的完成；1級教材總主筆金秀映教授及金美淑、白昇周老師，不僅花費大量時間撰寫教材初稿，也在校稿和編輯的過程中親力親為，塑造了《首爾大學韓國語+》的完整面貌。另外，如果沒有內部審查委員Kim Eun Ae教授對1級教材全書內容與錄音過程的仔細審訂，以及外審委員Han Jae Young教授、Choi Eunkyu教授的幫助，相信將無法看見目前如此完整的教材，由衷感謝。還有感謝負責英文翻譯的Lee Susan Somyoung譯者、負責審訂英文譯文的加州大學洛杉磯分校（UCLA）Sohn Sung-Ock教授，以及加上優美的插圖，讓本教材更引人入勝的YESUNG Creative公司職員。也感謝負責錄音的配音員Kim Seongyeon、Lee Sangun老師，以及於2022年春季學期提前採用試用單元，並且給予寶貴意見的1級課程Kang Subin、Kang Eunsook、Min Youmi、Shin Yoonhee、Lee Sujeong、Cho Eunjoo、Ha Seunghyun、Hyun Hyemi老師。最後誠摯感謝首爾大學出版文化院的June Woong Rhee院長，決定出版這本不同於學術書籍的韓語教材，也感謝編寫、出版過程中付出辛勞的所有人。

2022年8月
首爾大學語言教育院
院長 李豪榮

일러두기 本書使用方法

《서울대 한국어+ Student's Book 1B》는 9~16단원으로 이루어져 있고 각 단원은 두 과로 구성되어 있다. 1과는 '어휘, 말하기 1·2·3, 듣기 1·2', 2과는 '어휘, 읽기 1·2, 쓰기, 과제, 문화, 발음, 자기 평가'로 이루어져 있으며 각 과는 4시간 수업용으로 구성되었다.

《首爾大學韓國語+ Student's Book 1B》由9~16個單元組成，各單元又分為兩課。第一課為「詞彙；會話 1、2、3；聽力1、2」，第二課為「詞彙；閱讀1、2；寫作；課堂活動；文化；發音；自我評量」，每一課皆為4小時的授課內容。

단원의 주제와 관련된 그림과 질문을 보고 해당 과의 주제에 대해 생각해 볼 수 있도록 구성하였다. 질문을 이해하고 답을 생각하면서 배경지식을 활성화하고 학습 목표와 내용을 인지할 수 있다.

提示與單元主題相關的圖片與問題，有助於思考該課的主題。在理解問題與思考回答的同時，將可活化背景知識，掌握學習目標與內容。

어휘 詞彙

주제별로 선정된 목표 어휘를 그림과 함께 제시하여 의미를 유추할 수 있도록 구성하였다. 초급의 경우 번역을 함께 제시하여 학습자의 이해를 돕고자 하였다.

根據不同主題選擇目標單字，同時以圖案呈現，有助於推測單字意義。針對初級學習者額外提供翻譯，提高學習者的理解程度。

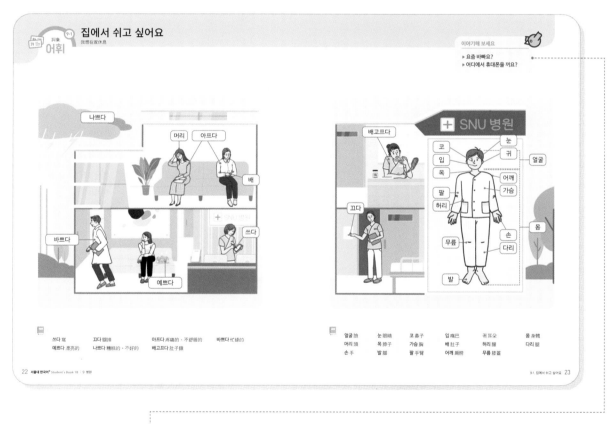

어휘를 사용하여 간단한 질문에 답을 해 보면서 어휘의 형태적, 의미적 지식을 확인하게 한다.

活用單字回答簡單的問題，同時檢視自己是否了解單字的字形、字義。

말하기 會話

해당 과의 목표 문법과 표현 및 주제 어휘를 내재화할 수 있도록 대화문에 포함하여 제시하였다. 말하기는 1, 2, 3단계로 구성된다. 구체적으로는 목표 문법과 표현 및 주제 어휘를 포함한 대화문으로 교체 연습을 하는 '말하기 1·2'와 담화 연습인 '말하기 3'으로 이루어져 있다.

將該課目標文法和表現、主題詞彙融入對話中，使學習者深化知識。會話分為1、2、3個階段，「會話1、2」融入目標文法和表現、主題詞彙，進行替換練習，「會話3」則是對話練習。

말하기 1·2 會話1、2

어휘와 표현을 교체하여 목표 문법과 표현을 정확하게 익히고 '말하기 3'을 준비할 수 있도록 한다.

替換使用詞彙和表現，使學習者正確掌握目標文法與表現，為「會話3」暖身。

말하기 3 會話3

해당 과의 주제에 대한 대화문으로 학습자가 직접 구어 담화를 구성하는 연습으로 이어지도록 하였다.

利用與該課主題有關的對話，引導學習者實際練習口語對話。

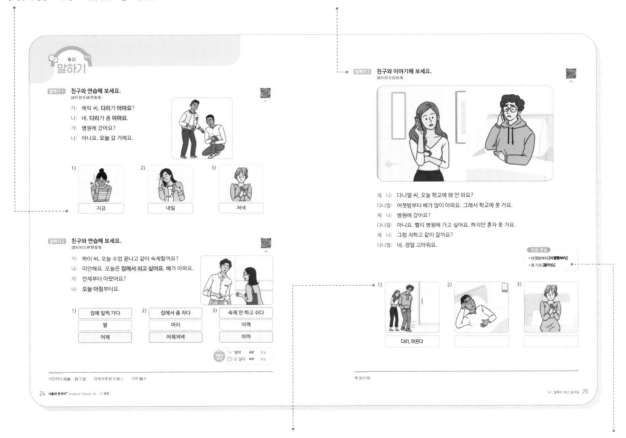

학습자가 유의미한 담화를 구성할 수 있도록 2~3개의 상황 예시를 그림으로 제시하고 제시어를 보기로 주어 학습자가 유창하게 말할 수 있는 연습을 하도록 한다.

為使學習者創造有意義的對話，以圖片提示2~3種情境及相關詞彙，引導學習者練習說出更流暢的會話。

발음 주의해야 할 발음을 간단히 제시하여 발음의 정확성과 유창성을 높이도록 구성하였다.

發音 簡單提示需要注意的發音，藉此提高發音的正確度與流暢度。

듣기 聽力

'준비', '듣기 1·2'와 '말하기' 활동으로 구성된다.

分成「暖身」、「聽力1、2」和「會話」三部分。

준비 暖身

듣기 전 단계로, 들을 내용을 예측할 수 있는 질문이나 사진, 삽화 등을 제시하여 학습자의 배경지식을 활성화한다.

在進入聽力練習之前，先提供可以預測聽力內容的問題或照片、插圖等，激發學習者的背景知識。

듣기 聽力

듣기 단계는 듣기 1과 2로 구성하되 난이도에 따라 제시하였고 실제적이고 다양한 종류의 듣기 자료를 제시하여 학습자의 의사소통 능력 향상에 도움을 주고자 하였다. 듣기 단계에서는 들은 내용을 확인하는 문제를 제시하여 학습자 스스로 이해도를 점검해 볼 수 있도록 하였다.

聽力階段根據難度分為「聽力1」與「聽力2」，提供各種實用且多元的聽力資料，希望有助於提高學習者的溝通能力。聽力階段也提供有關聽力內容的問題，學習者可以自行檢測理解程度。

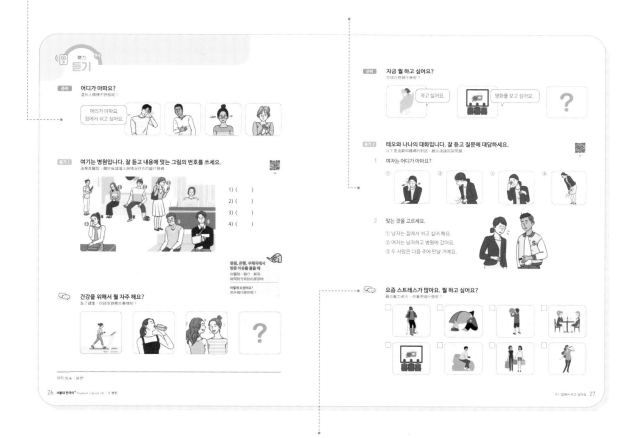

말하기 會話

듣기 후 단계에서는 듣기의 주제 및 기능과 연계된 짧은 담화를 구성하게 하여 의사소통 능력을 향상하도록 하였다.

聽力練習結束後，會有和聽力的主題、技巧相關的短文，藉此提高學習者的溝通能力。

읽기 閱讀

'준비', '읽기 1·2'와 '말하기' 활동으로 구성된다.

分成「暖身」、「閱讀1、2」和「會話」三部分。

준비 暖身

읽기 전 단계로, 읽을 내용을 예측할 수 있는 질문이나 사진, 삽화 등을 제시하여 학습자의 배경지식을 활성화한다.

在進入閱讀練習之前，先提供可以預測閱讀內容的問題或照片、插圖等，激發學習者的背景知識。

읽기 閱讀

읽기 단계는 목표 문법과 표현이 포함된 읽기 1과 2로 구성하되 난이도에 따라 제시하였다. 또한 학습자의 수준에 맞는 실제적이고 다양한 종류의 텍스트를 제시한다. 또한 읽은 내용을 확인하는 문제를 제시하여 학습자 스스로 이해도를 점검해 볼 수 있도록 하였다.

閱讀階段根據難度分為「閱讀1」與「閱讀2」，融入目標文法和表現，並且提示各種實用多元、符合學習者程度的閱讀文章。閱讀階段也提供有關閱讀內容的問題，學習者可以自行檢測理解程度。

말하기 會話

읽기 후 단계로, 읽기의 주제 및 기능과 연계된 담화를 구성해 보게 하였다. 또한 말하기 활동은 쓰기의 개요 구성으로 연결되어 쓰기와의 연계성을 높였다.

閱讀練習結束後，會有和閱讀的主題、技巧相關的短文。此外，會話與寫作也有關聯，能以此提升對寫作的理解。

문법과 표현 文法與表現

학습자들이 문법과 표현을 참고할 수 있도록 별도로 구성된 책의 해당 페이지를 표시하였다.

標示另外編寫的文法說明冊對應頁數，方便學習者參考文法和表現。

'준비'와 '쓰기' 활동으로 구성된다.

分成「暖身」和「寫作」兩部分。

준비 暖身

쓰기 전 단계로, 실제 쓸 내용에 대한 개요를 작성해 보거나 쓸 내용을 구성할 수 있도록 생각을 여는 질문을 제시한다.

在進入寫作練習前，先提供學生啟發思考的問題，引導學生寫下預計撰寫內容的摘要，或構思預計撰寫內容。

쓰기 寫作

준비 단계에서 작성한 개요를 바탕으로 과정 중심 글쓰기 활동이 이루어지도록 구성하였다. 읽기 텍스트와 유사한 종류의 글을 쓰도록 구성하여 학습자들의 담화 쓰기 능력을 향상하고자 하였다.

根據暖身階段所寫的摘要，撰寫緊扣課程內容的文章。藉由撰寫與閱讀例文類型相似的文章，提高學習者撰寫文章的能力。

과제 課堂活動

3~4단계의 문제 해결형 과제로 구성된다. 학습자 간의 상호작용을 통해 해당 단원에서 학습한 주제 어휘와 목표 문법을 내재화하고 언어 사용의 유창성을 키운다.

分成3~4個階段的解題型活動。透過學習者之間的互動，深化該單元學習到的主題詞彙和目標文法，培養語言使用的流暢性。

단원의 주제와 관련 있는 한국 문화 내용을 그림이나 사진과 함께 간단한 텍스트로 제시하여 한국 문화에 대한 이해를 넓힐 수 있게 구성하였고 상호 문화적인 접근이 가능하도록 하였다.

利用圖案和照片簡單提示與單元主題相關的韓國文化內容，擴大學習者對韓國文化的理解，促進雙方的跨文化認識。

발음 및 자기 평가
發音及自我評量

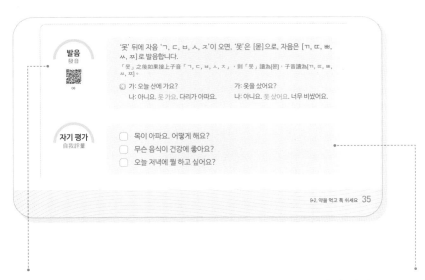

발음 發音

단원의 '말하기 3'과 관련 있는 음운 현상을 확인하고 대화 상황에서 연습하게 하였다.

查看單元中與「會話3」有關的音韻現象，試著在對話情境中練習。

자기 평가 自我評量

단원에서 학습한 어휘와 문법을 사용하여 질문에 답함으로써 학습 목표를 달성하였는지를 학습자 스스로 확인해 보도록 구성하였다.

利用在單元中學習到的詞彙和文法回答問題，學習者可以檢視自己是否達到了學習目標。

차례 目次

線上音檔 QRCode
使用說明:
① 掃描 QRcode→
② 回答問題→
③ 完成訂閱→
④ 聆聽書籍音檔。

교재 구성표 課程大綱

단원 제목 單元標題	어휘 詞彙	기능별 활동 活動類別
9. 병원 醫院		
9-1. 집에서 쉬고 싶어요 我想在家休息	형용사 ③ 形容詞 ③	말하기 會話 •증상에 대해 묻고 답하기 詢問並回答症狀
9-2. 약을 먹고 푹 쉬세요 吃完藥請好好休息	건강과 증상 健康和症狀	읽기 閱讀 •영화 소개 글 읽기 閱讀介紹電影的文章 •아팠던 경험에 대한 이야기 읽기 閱讀談論病痛的經驗
10. 한국 생활 韓國生活		
10-1. 저는 한국 문화를 좋아합니다 我喜歡韓國文化	동사 ④, 부사 ②, 시간 ① 動詞 ④、 副詞 ②、時間 ①	말하기 會話 •격식적인 상황에서 자기소개하기 在正式情況下自我介紹 •한국 생활에 대해 발표하기 發表韓國生活
10-2. 저는 작년 가을에 한국에 왔습니다 我去年秋天來到韓國	학교생활, 시간 ② 校園生活、 時間 ②	읽기 閱讀 •한국 생활에 대한 블로그 글 읽기 閱讀有關韓國生活的部落格文章 •한국 생활에 대한 발표 글 읽기 閱讀有關韓國生活的發表文章
11. 교통 交通		
11-1. 방학에 부산에 가려고 해요 我放假打算去釜山	교통 ① 交通 ①	말하기 會話 •방학 계획 묻고 답하기 詢問並回答放假的計畫 •목적지에 가는 방법에 대해 묻고 답하기 詢問並回答前往目的地的方法
11-2. 서울역에서 여기까지 10분쯤 걸립니다 從首爾站到這裡大概花10分鐘	교통 ② 交通 ②	읽기 閱讀 •전시회 안내 글 읽기 閱讀介紹展覽的文章 •여행 계획에 대한 글 읽기 閱讀有關旅行計畫的文章
12. 전화 電話		
12-1. 요즘 잘 지내지요? 最近過得好嗎？	전화 ① 電話 ①	말하기 會話 •전화하기 打電話
12-2. 약속이 있어서 못 갔어요 因為有約了，所以沒辦法去	전화 ② 電話 ②	읽기 閱讀 •전화를 못 받은 이유에 대한 대화 메시지 읽기 閱讀有關未接來電的對話訊息 •이야기 읽기 閱讀某人的故事

기능별 활동 活動類別		문법과 표현 文法與表現	과제 課堂活動	문화 文化	발음 發音
듣기 聽力		• '一' 탈락 • 動-고 싶다	상황 카드를 보고 의사, 환자 역할극하기 看完情境卡， 扮演醫生和病患	처방전과 약 處方箋和藥	경음화 3 硬音化3
• 병원에서의 대화 듣기 聆聽醫院裡的對話 • 증상에 대한 대화 듣기 聆聽有關症狀的對話					
쓰기 寫作		• 動-(으)세요 • 動-지 마세요			
• 아팠던 경험 쓰기 撰寫病痛的經驗					
듣기 聽力		• 名입니다 名입니까? • 動形-ㅂ/습니다 • 動形-ㅂ/습니까?	인터뷰하고 발표하기 採訪並發表	대학 생활(축제) 大學生活（校慶）	비음화 1 鼻音化1
• 인터뷰 대화 듣기 聆聽採訪對話 • 뉴스 듣기 聆聽新聞					
쓰기 寫作		• 動形-았습니다/ 었습니다 • 動形-았습니까?/ 었습니까? • 動-(으)ㄹ 겁니다 • 動-(으)ㄹ 겁니까?			
• 한국 생활에 대한 발표문 쓰기 撰寫有關韓國生活的發表文					
듣기 聽力		• 名(으)로 • 動-(으)려고 하다	이야기 만들기 安排行程	스마트 정류장 智慧型公車站	'역'의 발음 「역」的發音
• 목적지에 오는 방법에 대한 대화 듣기 聆聽如何前去目的地的對話 • 교통편에 대해 묻고 답하는 대화 듣기 聆聽詢問並回答交通方式的對話					
쓰기 寫作		• 名에서 名까지 • 動-아야/어야 되다			
• 여행 계획 쓰기 撰寫旅行計畫					
듣기 聽力		• 動形-지요? • 動形-지만	상황 카드로 전화하기 利用情境卡打電話	유용한 전화번호 實用電話號碼	경음화 4 硬音化4
• 전화번호 듣기 聆聽電話號碼 • 전화 대화 듣기 聆聽通話內容					
쓰기 寫作		• 動形-아서/어서 • 名(이)라서			
• 메시지 읽고 답장 쓰기 閱讀訊息並撰寫回覆					

기능별 활동 活動類別	문법과 표현 文法與表現	과제 課堂活動	문화 文化	발음 發音
듣기 聽力 • 외형 묘사에 대한 대화 듣기 聆聽描述外型的對話 • 사진에 대한 소개 듣기 聆聽對照片的介紹	• 動形-네요 • 形-(으)ㄴ 名	반 친구들 인터뷰하기 採訪班上朋友	쇼핑 장소 購物場所	비음화 2 鼻音化2
쓰기 寫作 • 입고 싶은 옷에 대해 쓰기 撰寫想穿的衣服	• 'ㄹ' 탈락 • 動-는 名			
듣기 聽力 • 초대에 대한 대화 듣기 聆聽有關邀請的對話 • 라디오 방송 듣기 聆聽廣播節目	• 動-(으)러 가다/오다 • 動-(으)ㄹ 수 있다/ 없다	파티 계획하고 포스터 만들기 規畫派對並製作 海報	선물하는 것과 하면 안 되는 것 可以送和不可以送 的禮物	경음화 5 硬音化5
쓰기 寫作 • 파티 이야기 쓰기 撰寫派對內容	• 動-고 있다 • 動-(으)면서			
듣기 聽力 • 가족에 대한 대화 듣기 聆聽有關家人的對話 • 가족 이야기를 하는 방송 프로그램 듣기 聆聽談論家人的電視節目	• 動形-(으)세요 名(이)세요 • 名한테/께	미래의 가족 소개하기 介紹未來的家人	어른들께 두 손으로 물건 드리는 문화 雙手拿東西給長輩 的文化	비음화 3 鼻音化3
쓰기 寫作 • 가족 소개 쓰기 撰寫家庭介紹	• 動形-(으)셨어요 動-(으)실 거예요 • 'ㄷ' 불규칙			
듣기 聽力 • 여행지 묘사에 대한 대화 듣기 聆聽描述旅行地點的對話 • 여행 계획 듣기 聆聽旅行計畫	• 動-아/어 주세요 • 動-아서/어서	고향에서 유명한 곳 소개하기 介紹故鄉的知名 景點	한옥 스테이, 템플 스테이 韓屋住宿、 寺院寄宿	유기음화 送氣音化
쓰기 寫作 • 여행 계획 쓰기 撰寫旅行計畫	• 動形-(으)면 • 動-아/어 보세요			

등장인물 人物介紹

나나
중국, 선생님

娜娜
中國、老師

엥흐
몽골, 사업가

恩和
蒙古、企業家

마리
일본, 선생님

麻里
日本、老師

테오
브라질, 대학생

迪歐
巴西、大學生

제니
미국, 학생

珍妮
美國、學生

김민우
한국, 대학생

金民佑
韓國、大學生

크리스
호주, 요리사

克里斯
澳洲、廚師

소날
인도, 컴퓨터 프로그래머

桑納
印度、電腦程式設計師

닛쿤

태국, 연예인 연습생

尼坤
泰國、偶像練習生

이유진

한국, 회사원

李宥真
韓國、上班族

하이

베트남, 회사원

阿海
越南、上班族

아야나

말레이시아, 작가

阿雅娜
馬來西亞、作家／編劇

안나

러시아, 화가

安娜
俄羅斯、畫家

다니엘

미국, 대학원생

丹尼爾
美國、研究生

에릭

프랑스, 운동선수

艾瑞克
法國、運動選手

자밀라

우즈베키스탄, 모델

賈蜜拉
烏茲別克、模特兒

9

병원 醫院

1 이 사람은 어디에 갔어요?

2 친구가 아파요. 어떻게 해요?

집에서 쉬고 싶어요

我想在家休息

쓰다 寫	끄다 關掉	아프다 疼痛的、不舒服的	바쁘다 忙碌的
예쁘다 漂亮的	나쁘다 糟糕的、不好的	배고프다 肚子餓	

▶ 요즘 바빠요?
▶ 어디에서 휴대폰을 꺼요?

얼굴 臉	눈 眼睛	코 鼻子	입 嘴巴	귀 耳朵	몸 身體
머리 頭	목 脖子	가슴 胸	배 肚子	허리 腰	다리 腿
손 手	발 脚	팔 手臂	어깨 肩膀	무릎 膝蓋	

말하기 1 **친구와 연습해 보세요.**
請和朋友練習看看。

01

가: 에릭 씨, **다리가 아파요?**

나: 네. **다리가 좀 아파요.**

가: 병원에 갔어요?

나: 아니요. 오늘 갈 거예요.

1)

지금

2)

내일

3)

저녁

말하기 2 **친구와 연습해 보세요.**
請和朋友練習看看。

02

가: 하이 씨, 오늘 수업 끝나고 같이 숙제할까요?

나: 미안해요. 오늘은 **집에서 쉬고 싶어요.** 배가 아파요.

가: 언제부터 아팠어요?

나: 오늘 아침부터요.

1)
| 집에 일찍 가다 |
| 팔 |
| 어제 |

2)
| 집에서 좀 자다 |
| 머리 |
| 어제저녁 |

3)
| 숙제 안 하고 쉬다 |
| 어깨 |
| 아까 |

문법과
표현
'ㅡ' 탈락 ☞ P.4
-고 싶다 ☞ P.5

미안하다 抱歉、對不起   어제저녁 昨天晚上   아까 剛才

친구와 이야기해 보세요.
請和朋友說說看。

03

제 니: 다니엘 씨, 오늘 학교에 왜 안 와요?

다니엘: 어젯밤부터 배가 많이 아파요. 그래서 학교에 못 가요.

제 니: 병원에 갔어요?

다니엘: 아니요. 빨리 병원에 가고 싶어요. 하지만 혼자 못 가요.

제 니: 그럼 저하고 같이 갈까요?

다니엘: 네. 정말 고마워요.

발음 發音

• 어젯밤부터 [어젣빰부터]

• 못 가요 [몯까요]

1)

다리, 아프다

2)

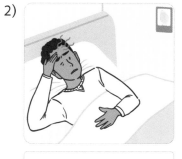

3)

왜 為什麼

聽力
듣기 ⁹⁻¹

준비 어디가 아파요?
這些人哪裡不舒服呢？

> 머리가 아파요.
> 집에서 쉬고 싶어요.

듣기1 여기는 병원입니다. 잘 듣고 내용에 맞는 그림의 번호를 쓰세요.
這裡是醫院。聽完後請填入與情況符合的圖片號碼。

04

1) (　　　)

2) (　　　)

3) (　　　)

4) (　　　)

병원, 은행, 우체국에서
방문 이유를 물을 때
在醫院、銀行、郵局
詢問對方來訪的原因時

어떻게 오셨어요?
您來做什麼的呢？

💬 건강을 위해서 뭘 자주 해요?
為了健康，你經常做哪些事情呢？

아직 尚未、依然

지금 뭘 하고 싶어요?
你現在想做什麼呢？

 자고 싶어요.

 영화를 보고 싶어요.

듣기2 **테오와 나나의 대화입니다. 잘 듣고 질문에 대답하세요.**
以下是迪歐和娜娜的對話。聽完後請回答問題。

05

1 여자는 어디가 아파요?

①  ②  ③  ④

2 맞는 것을 고르세요.

① 남자는 집에서 쉬고 싶어 해요.
② 여자는 남자하고 병원에 갔어요.
③ 두 사람은 다음 주에 만날 거예요.

요즘 스트레스가 많아요. 뭘 하고 싶어요?
最近壓力很大。你會想做什麼呢？

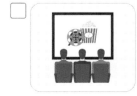   

詞彙
어휘

9-2

약을 먹고 푹 쉬세요

吃完藥請好好休息

SNU 병원

감기에 걸리다

기침을 하다

열이 나다

39℃

콧물이 나오다

목이 아프다

감기에 걸리다 患上感冒　　기침을 하다 咳嗽　　　　　　　　　열이 나다 發燒
콧물이 나오다 流鼻涕　　목이 아프다 喉嚨痛

▶ 감기에 걸렸어요. 어디가 아파요?
▶ 무슨 음식이 건강에 좋아요?

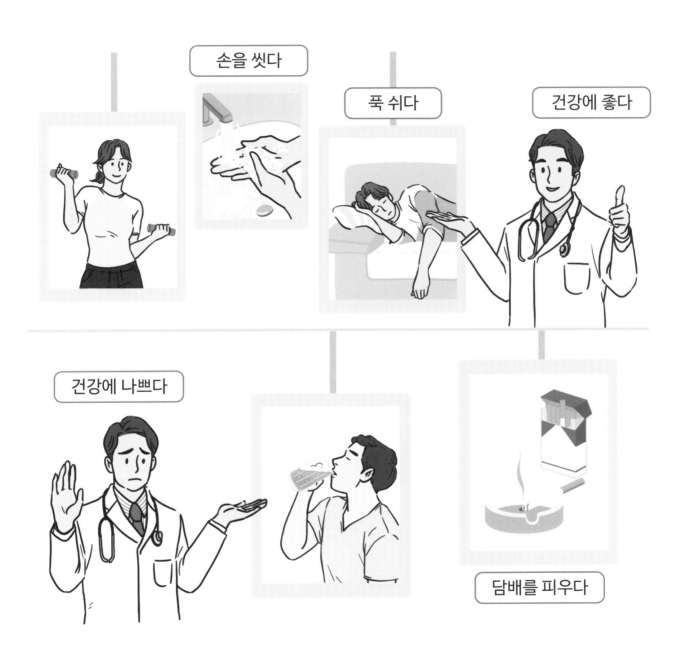

손을 씻다

푹 쉬다

건강에 좋다

건강에 나쁘다

담배를 피우다

건강에 좋다 有益健康的
푹 쉬다 好好休息

건강에 나쁘다 有害健康的
담배를 피우다 抽菸

손을 씻다 洗手

준비 **감기에 걸렸어요. 여러분 나라에서는 어떻게 해요?**
在你的國家，感冒了該怎麼辦呢？

읽기 1 **영화 소개입니다. 잘 읽고 맞으면 ○, 틀리면 × 하세요.**
以下是電影介紹。讀完後，正確請打○，錯誤請打×。

06

★★★★☆

이 강아지는 집이 없어요. 눈도 아프고 다리도 다쳤어요. 하지만
병원에 못 갔어요. 이 여자는 약국 앞에서 강아지를 처음 봤어요.
강아지의 목에 이름표가 있었어요. 강아지 이름은 '마리'예요.
여자의 이름도 '마리'예요.

이 영화를 더 알고 싶어요? 그럼 이 영화를 **보세요.**

마리와 마리

↳ 이 영화가 정말 슬퍼요. **보지 마세요.**

↳ 아니에요. 재미있어요! 꼭 **보세요!**

1) 영화의 여자는 다리가 아팠어요. ( )

2) 영화의 여자하고 강아지는 이름이 같아요. ( )

읽기 2 **제니의 이야기입니다. 잘 읽고 질문에 답하세요.**
以下是有關珍妮的內容。讀完後請回答問題。

07

지난주에 저는 감기에 걸렸어요. 콧물도 나오고 목도 아팠어요.
그래서 학교에 못 가고 집에 있었어요. 가족이 정말 보고 싶었어요.
제 룸메이트 나나 씨가 전통차를 줬어요. "제니 씨, 많이 아파요?
이 차가 감기에 좋아요. 많이 **드세요.**" 차를 마시고 집에서 푹 쉬었어요.
그래서 지금은 안 아파요.

나나 씨,
고마워요.

1 제니는 어디가 아팠어요? 모두 고르세요.

① 　② 　③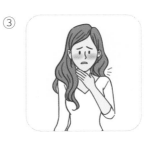

2 맞는 것을 고르세요.

① 제니는 가족을 만났어요.

② 제니는 약을 먹고 쉬었어요.

③ 제니는 지난주에 많이 아팠어요.

 여러분은 한국에서 병원에 갔어요? 어디가 아팠어요? 어떻게 했어요?
你去過韓國的醫院嗎？是哪裡不舒服呢？後來怎麼做？

저는 다리가 많이 아팠어요.
병원에 가고 싶었어요.
하지만 저는 한국어를 아직 잘 못해요.
그래서 한국 친구하고 같이 병원에 갔어요.
친구가 저를 많이 도와줬어요.

 문법과 표현
📖 -(으)세요　☞　P.6
📖 -지 마세요　☞　P.7

다치다 受傷　　처음 第一次　　이름표 名牌　　더 更多　　꼭 一定　　같다 一樣　　전통 傳統
주다 給　　약 藥　　도와주다 幫助

준비 **그림을 보고 써 보세요.**
請看圖寫寫看。

1)

2)

3)

어떻게 아파요?	하세요	하지 마세요
1) 배가 아파요. 학교에 못 가요.	• 병원에 가세요.	• 아이스크림을 먹지 마세요.
2) _____.	• _____.	• _____.
3) _____.	• _____.	• _____.

쓰기 **여러분은 어디가 아팠어요? 그때 어떻게 했어요? 누가 도와줬어요?**
보기 **와 같이 써 보세요.**
你哪裡不舒服呢？那時候你怎麼做？誰幫了你？請仿照例文寫寫看。

보기
    저는 2월에 한국에 왔어요. 한국의 겨울이 정말 추웠어요. 그래서 감기에 걸렸어요.
열도 나고 기침도 많이 했어요. 너무 아팠어요. 고향에 가고 싶었어요. 제 친구가 약을 줬어요.
약을 먹고 푹 쉬었어요. 정말 고마웠어요.

고맙다 感謝的

의사와 환자가 되어 대화해 보세요.
請試著扮演醫生和病患說說看。

活動學習單
P.150

1 알맞은 것을 연결하세요.
請連接正確的答案。

"감기에 걸렸어요.
목이 아프고 콧물이 나와요."

"눈이 아파요.
그리고 눈이 항상 피곤해요."

"요즘 밤에 잘 못 자요."

밤에 휴대폰을 보지 마세요.
컴퓨터를 많이 하지 마세요.

커피를 많이 마시지 마세요.
그리고 운동을 하세요.

집에서 푹 쉬세요.
그리고 물을 많이 드세요.

2 카드를 뽑으세요.
請抽卡片。

어떻게 오셨어요?

기침을 많이 해요.

환자

3 **여기는 병원입니다. 의사와 환자가 되어 대화해 보세요.**
這裡是醫院。請試著扮演醫生和病患說說看。

> 어떻게 오셨어요?

> 배가 아파요.

> 언제부터 아팠어요?

> 오늘 아침부터 아팠어요.

> 어제 뭘 먹었어요?

> 아이스크림을 많이 먹었어요.
> 그리고 커피도 많이 마셨어요.

> 이 약을 드세요. 그리고 푹 쉬세요.
> 커피를 마시지 마세요.

> 네. 감사합니다.

文化
문화

● 약국에서 약을 사요.

병원에서 처방전을 받고 약국에서 약을 사요.

하루에 세 번 드세요.
밥을 먹고 드세요.
아침, 점심, 저녁에 드세요.

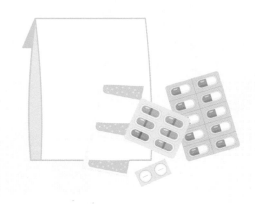

처방전이 없어도 약국이나 편의점에서 살 수 있는 약이 있어요.

약국

편의점

©뉴시스

발음
發音

08

'못' 뒤에 자음 'ㄱ, ㄷ, ㅂ, ㅅ, ㅈ'이 오면, '못'은 [몯]으로, 자음은 [ㄲ, ㄸ, ㅃ, ㅆ, ㅉ]로 발음합니다.
「못」之後如果接上子音「ㄱ、ㄷ、ㅂ、ㅅ、ㅈ」，則「못」讀為[몯]，子音讀為[ㄲ、ㄸ、ㅃ、ㅆ、ㅉ]。

예 가: 오늘 산에 가요?　　　　　가: 옷을 샀어요?
　　나: 아니요. 못 가요. 다리가 아파요.　　나: 아니요. 못 샀어요. 너무 비쌌어요.

자기 평가
自我評量

☐ 목이 아파요. 어떻게 해요?

☐ 무슨 음식이 건강에 좋아요?

☐ 오늘 저녁에 뭘 하고 싶어요?

10

한국 생활 韓國生活

1 이 사람은 지금 뭐 해요?
2 언제 한국 뉴스를 봐요?

10-1 저는 한국 문화를 좋아합니다

我喜歡韓國文化

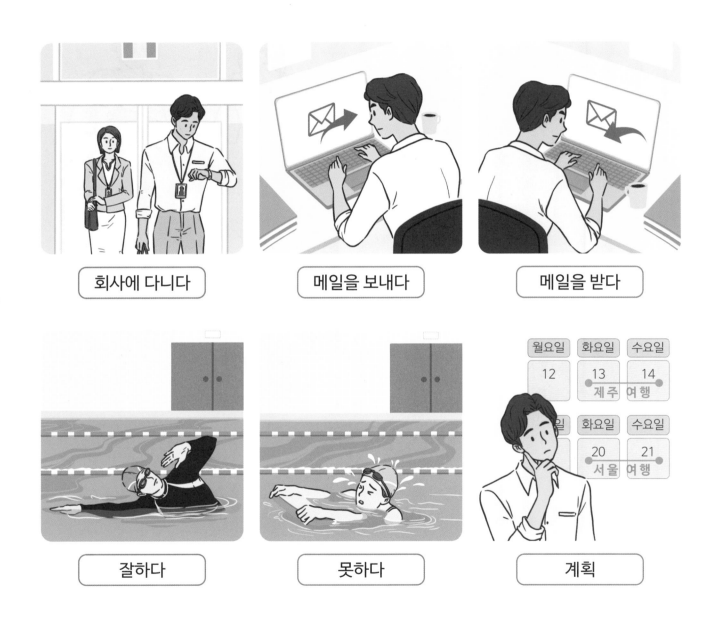

회사에 다니다

메일을 보내다

메일을 받다

잘하다

못하다

계획

회사에 다니다 去公司上班　　　메일을 보내다 寄電子郵件　　　메일을 받다 收電子郵件

잘하다 擅長　　　못하다 不擅長　　　계획 計畫

▶ 무슨 운동을 잘해요?
▶ 무슨 음식을 제일 좋아해요?

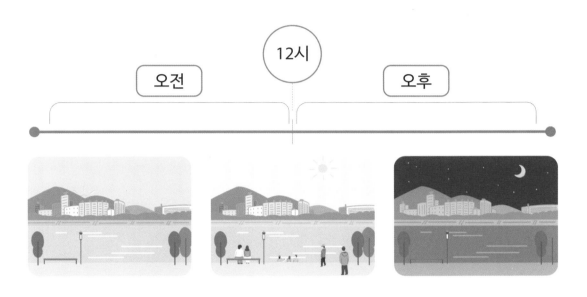

12시

오전

오후

잘 듣고 쓰세요

잘

열심히

제일

오전 上午　　오후 下午　　열심히 努力地　　잘 好好地　　제일 最

말하기

말하기 1 **친구와 연습해 보세요.**
請和朋友練習看看。

09

> 여러분, 안녕하십니까?
> 저는 **에릭**입니다. 저는 **프랑스** 사람입니다.
> 저는 지금 **대학원**에 **다닙니다**. 만나서 반갑습니다.

1)
하이
베트남 사람
회사, 일하다

2)
제니
미국 사람
언어교육원, 한국어를 배우다

3)
소날
인도 사람
컴퓨터 회사, 다니다

말하기 2 **친구와 연습해 보세요.**
請和朋友練習看看。

10

가: 안녕하세요? 저는 **수영** 선수 정해원입니다.
나: 하루에 **수영** 연습을 보통 몇 시간 합니까?
가: 매일 **여덟** 시간쯤 합니다.
나: 주말에도 **수영장**에 갑니까?
가: 네. 매일 연습을 합니다.

1)

4시간

2)

3시간

3)

6시간

문법과 표현
名입니다, 名입니까? ☞ P.8
動 形-ㅂ/습니다, 動 形-ㅂ/습니까? ☞ P.9

대학원 研究所　　언어교육원 語言教育院　　하루 一天　　연습 練習　　시간 小時

친구와 이야기해 보세요.
請和朋友說說看。

테오: 안녕하십니까? 저는 테오입니다. 브라질 사람입니다.

제 여자 친구는 한국 사람입니다. 그래서 저는 한국어를 공부합니다.

한국어를 아직 잘 못합니다. 하지만 한국어 공부가 재미있습니다.

한국어 수업이 끝나고 친구들과 학생 식당에서 밥을 먹습니다.

그리고 공원에서 산책도 합니다.

한국 생활이 정말 좋습니다.

> **발음 發音**
>
> • 안녕하십니까 [안녕하심니까]
> • 공부합니다 [공부함니다]

1)

안나, 러시아 사람

한국 문화를 좋아하다

평일 오후에 친구들과 테니스를 치다

한국 생활이 재미있다

2)

준비 **자기소개할 때 무슨 말을 합니까?**
自我介紹的時候，要說什麼呢？

☑ 이름　　　☐ 직업　　　☐ ....　　　☐ ....

듣기 1 **마리의 인터뷰입니다. 잘 듣고 쓰세요.**
以下是麻里的採訪。聽完後請寫下來。

12

이름	마리
국적	1)
직업	2)
한국어	3) (잘합니다 / 잘 못합니다 / 못합니다)

친구를 인터뷰해 보세요.
請試著採訪你的朋友。

이름이 무엇입니까?

이름　　국적

직업　　한국어　　?

아르바이트를 하고 싶습니까?
你想打工嗎?

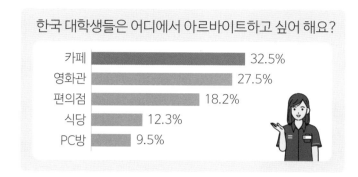

한국 대학생들은 어디에서 아르바이트하고 싶어 해요?

카페	32.5%
영화관	27.5%
편의점	18.2%
식당	12.3%
PC방	9.5%

듣기 2 **뉴스입니다. 잘 듣고 맞는 것을 연결하세요.**
以下是新聞內容。聽完後請連接正確的答案。

13

1)

    • ① "아르바이트 계획 인터뷰입니다."

2)

    • ② "저는 영화관에서 일하고 싶습니다."

3)

    • ③ "저는 카페에서 아르바이트하고 싶습니다."

무슨 아르바이트를 하고 싶습니까? 친구를 인터뷰해 보세요.
請試著採訪你的朋友,詢問朋友想做什麼樣的打工。

✎ 무엇을 좋아합니까?

✎ 무엇을 잘합니까?

✎ _____ ?

만들다 製作

저는 작년 가을에 한국에 왔습니다
我去年秋天來到韓國

피아노를 치다

기타를 치다

자전거를 타다

그림을 그리다

2023년	2024년	2025년
작년	올해	내년

피아노를 치다 彈鋼琴　　기타를 치다 彈吉他　　자전거를 타다 騎自行車

그림을 그리다 畫畫　　작년 去年　　올해 今年　　내년 明年

친구를 사귀다

게임을 하다

스키를 타다

연습하다

	4월	

지난달

	5월	

이번 달

	6월	

다음 달

친구를 사귀다 交朋友　　스키를 타다 滑雪　　게임을 하다 玩遊戲　　연습하다 練習

지난달 上個月　　이번 달 這個月　　다음 달 下個月

준비 **한국 생활이 어떻습니까?**
在韓國的生活如何呢?

읽기 1 **안나의 블로그입니다. 잘 읽고 맞으면 ○, 틀리면 × 하세요.**
以下是安娜的部落格。讀完後,正確請打○,錯誤請打×。

14

안녕하십니까? 저는 안나입니다. 러시아 화가입니다.

저는 작년 가을에 한국에 **왔습니다**. 한국에서 캠핑도 하고 단풍 그림도 많이 **그렸습니다**. 한국의 가을은 정말 아름답습니다.

내년에는 한국의 화가들을 **만날 겁니다**. 한국에서 열심히 그림을 그리고 친구도 **사귈 겁니다**.

1) 안나는 한국에서 캠핑을 했습니다. (　　　)

2) 안나는 한국의 화가들을 많이 사귀었습니다. (　　　)

읽기 2 **에릭의 발표입니다. 잘 읽고 질문에 답해 보세요.**
以下是艾瑞克的發表。讀完後請回答問題。

15

저는 작년 여름에 한국에 **왔습니다**. 월요일부터 금요일까지 대학원에서 공부도 하고 한국어도 배웁니다. 그래서 조금 바쁩니다. 하지만 한국어 공부는 정말 재미있습니다.

한국의 여름은 아주 덥습니다. 한국 사람들은 여름에 삼계탕을 많이 먹습니다. 저는 지난주 주말에 우리 반 친구들하고 삼계탕을 **먹었습니다**. 정말 **맛있었습니다**. 우리는 삼계탕을 먹고 한강 공원에서 자전거를 **탔습니다**. 이렇게 저의 한국 생활은 아주 재미있습니다.

앞으로 한국 친구를 더 많이 사귀고 싶습니다. 그리고 한국어 공부도 열심히 **할 겁니다**.

1 맞는 것을 고르세요.

① 에릭은 한국 요리를 잘합니다.

② 에릭은 작년에 한국에 왔습니다.

③ 에릭은 한국 친구를 많이 사귀었습니다.

2 빈칸에 알맞은 말을 쓰세요.

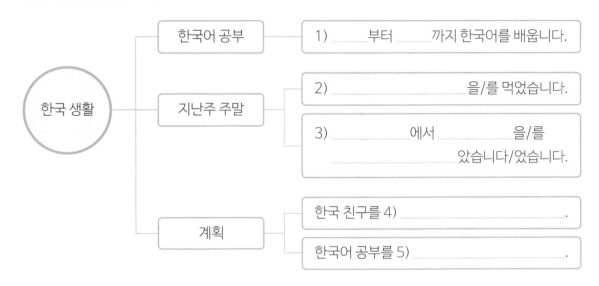

한국 생활

- 한국어 공부
  - 1) _____ 부터 _____ 까지 한국어를 배웁니다.
- 지난주 주말
  - 2) _____ 을/를 먹었습니다.
  - 3) _____ 에서 _____ 을/를 _____ 았습니다/었습니다.
- 계획
  - 한국 친구를 4) _____ .
  - 한국어 공부를 5) _____ .

 친구의 학교생활을 인터뷰해 보세요.
請試著採訪朋友的校園生活。

수업   숙제   반 친구

친구 이름 : _____

문법과 표현
動形 -았습니다/었습니다, 動形 -았습니까/었습니까? ☞ P.10
動 -(으)ㄹ 겁니다, 動 -(으)ㄹ 겁니까? ☞ P.11

화가 畫家　단풍 楓葉　아름답다 美麗的　삼계탕 蔘雞湯　이렇게 這樣　앞으로 未來

준비 **여러분의 한국 생활이 어떻습니까? 메모해 보세요.**
你的韓國生活過得如何呢？請筆記下來。

		보기	나의 발표
처음	인사, 소개	안녕하십니까? 아야나, 말레이시아, 작가	
중간	1. 학교생활 2. 한국 생활 3. 계획	월요일~금요일: 한국어 공부 평일 오후: 회사, 주말: 여행, 사진 여행, 책 쓰기	
끝	인사	제 발표는 여기까지입니다. 감사합니다.	

쓰기 **한국 생활이 어떻습니까? 메모를 보고 보기 와 같이 발표문을 써 보세요.**
韓國生活過得如何？請看上題筆記，仿照例文寫出要發表的文章。

> 보기
>
> 안녕하십니까? 저는 아야나입니다. 말레이시아에서 왔습니다. 작가입니다.
>
> 요즘 저는 월요일부터 금요일까지 한국어를 공부합니다. 한국어 공부가 재미있습니다. 평일 오후에는 회사에 갑니다. 회사 일이 아주 많습니다. 주말에는 보통 여행을 합니다. 사진도 찍고 구경도 많이 합니다. 앞으로 계속 한국에서 여행을 하고 책을 쓰고 싶습니다.
>
> 제 한국 생활이 정말 재미있습니다. 여러분의 한국 생활은 어떻습니까?
>
> 제 발표는 여기까지입니다. 감사합니다.

작가 作家　　어떻다 如何

課堂活動
과제

活動學習單
P.151

우리 반 뉴스를 만들어서 발표해 보세요.
請撰寫班級新聞並試著發表。

1 여러분은 한국 뉴스를 읽어요? 뉴스 제목을 같이 읽어 보세요.
你讀韓國新聞嗎?請一起讀讀看新聞標題。

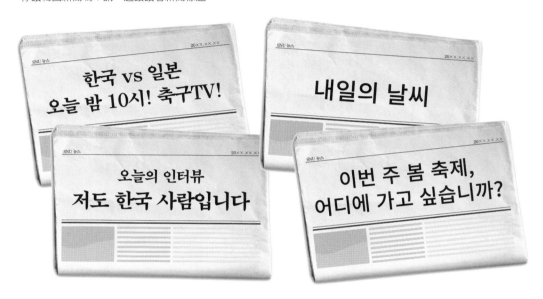

2 우리 반 친구들의 한국 생활 뉴스를 만들어 볼 거예요.
   뭐를 쓰고 싶어요? 친구와 같이 제목을 생각해 보세요.
접著要寫班上朋友的韓國生活新聞。你想寫什麼呢?請和朋友一起構思標題。

뉴스 제목:〈   〉

뉴스 新聞   축제 慶典   식사 用餐

3 **질문을 3개 쓰고 친구들을 인터뷰해 보세요.**
請寫下3個問題，並試著採訪朋友。

〈 우리 반 친구들의 저녁 식사 〉

안녕하세요? 저는 ＿＿＿ 기자입니다.
이름이 무엇입니까?

오늘 저녁에 무엇을 먹을 겁니까?

집에서 요리할 겁니까?

누구하고 같이 먹을 겁니까?

네. 인터뷰 감사합니다.

4 **친구들을 인터뷰하고 뉴스처럼 발표해 보세요.**
採訪完朋友後，請仿照新聞報導看看。

저는 우리 반 친구 5명을 인터뷰했습니다.
인터뷰 주제는 '우리 반 친구들의 저녁 식사'입니다.
우리 반 친구들은 보통 저녁에 집에서 요리를 안 합니다.
식당에서 먹습니다. 오늘 저녁에는 친구하고 같이 피자를 먹을 겁니다.
SNU 뉴스 에릭입니다.

문화 (文化)

한국 대학교의 축제를 아세요?

한국의 대학교에서는 보통 봄과 가을에 축제를 합니다. 봄과 가을에는 날씨가 좋습니다. 음식도 많고 공연도 많이 있습니다. 축제가 아주 재미있습니다.

발음 (發音)

16

받침소리 [ㅂ]은 뒤에 'ㄴ, ㅁ'이 오면 [ㅁ]으로 발음됩니다.
終聲[ㅂ]之後如果接上「ㄴ、ㅁ」，讀為[ㅁ]。

예) 가: 수업이 끝나고 무엇을 합니까?　　　가: 학생입니까?
　　나: 공원에서 산책합니다.　　　　　　나: 아니요. 저는 학생이 아닙니다.

자기 평가 (自我評量)

☐ 주말에 보통 뭘 합니까?

☐ 한국에서 뭘 하고 싶습니까?

☐ 내년에 뭘 할 겁니까?

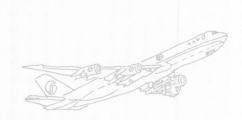

11

교통 交通

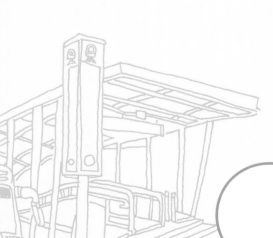

1 부산에 어떻게 가요?

2 여러분은 뭘 자주 타요?

방학에 부산에 가려고 해요

我放假打算去釜山

비행기

기차

택시

버스

배

지하철

비행기 飛機　　기차 火車　　택시 計程車　　버스 公車　　배 船　　지하철 地鐵

▶ 뭘 자주 타요?
▶ 학교에 뭘 타고 와요?

터미널

지하철역

2호선 갈아타는 곳 →
교 대

→
②
호선

갈아타는 곳

사당 · 신도림 방면

내리다

갈아타다

버스 정류장

773

버스

773

타다

공항

지하철역 地鐵站	버스 정류장 公車停靠站	터미널 場站	공항 機場
내리다 下車	타다 上車、搭乘	갈아타다 轉乘	

말하기 1 **친구와 연습해 보세요.**
請和朋友練習看看。

가: 이 버스가 **강남역**으로 가요?

나: 아니요. **강남역**으로 안 가요.

저쪽에서 버스를 타세요.

가: 네. 감사합니다.

1) 시청   2) 여의도   3) 고속터미널

말하기 2 **친구와 연습해 보세요.**
請和朋友練習看看。

가: 방학에 어디에 갈 거예요?

나: **경주**에 가려고 해요.

가: **기차**를 타고 갈 거예요?

나: 네. 그래서 오후에 **기차표를 예매**하려고 해요.

1) 부산   2) 제주도   3) 대전

버스표, 사다   비행기표, 알아보다   KTX 표, 예매하다

문법과 표현
名 (으)로 ☞ P.12
動 -(으)려고 하다 ☞ P.13

저쪽 那邊(遠處)   시청 市政府   여의도 汝矣島   고속터미널 高速巴士站、客運站   경주 慶州   표 票
예매하다 預訂   알아보다 了解、打聽   대전 大田

말하기 3 **친구와 이야기해 보세요.**
請和朋友說說看。

서울 세계 불꽃 축제

서울 빛초롱 축제

명동 크리스마스 축제

테오: 이번 방학에 뭐 해요?

제니: 친구하고 같이 여의도에 갈 거예요. 여의도에서 축제를 보려고 해요.

테오: 아, 저도 가고 싶어요.

제니: 그래요? 그럼 우리 같이 갈까요?

테오: 네. 좋아요. 여의도에 어떻게 가요?

제니: 서울역에서 503번 버스를 타고 가요.
그 버스가 여의도로 가요.

발음 發音
• 서울역[서울력]

1)

명동 크리스마스 축제

명동
크리스마스 축제
지하철 4호선

2)

부산 영화 축제

이번 這次   어떻게 如何   서울역 首爾站

준비 **여러분은 학교에 뭘 타고 와요?**
你怎麼來學校的？

☐ 버스   ☐ 지하철   ☐ ....   ☐ ....

듣기 1 **에릭은 언어교육원에 어떻게 왔어요? 잘 듣고 맞는 것을 고르세요.**
艾瑞克怎麼來語言教育院的？聽完後請選出正確的答案。

20

①    ②    ③

집에 어떻게 가요? 친구들하고 이야기해 보세요.
你怎麼回家的？請和朋友說說看。

살다 住   걸어오다 走來   호선 號線   걸어가다 走去

준비 한국에서 지하철을 탔어요? 어디에서 탔어요? 어디에서 내렸어요?
你在韓國搭過地鐵嗎？在哪一站上車？在哪一站下車？

듣기 2 제니와 닛쿤의 대화입니다. 잘 듣고 맞으면 ○, 틀리면 × 하세요.
以下是珍妮和尼坤的對話。聽完後，正確請打○，錯誤請打×。

21

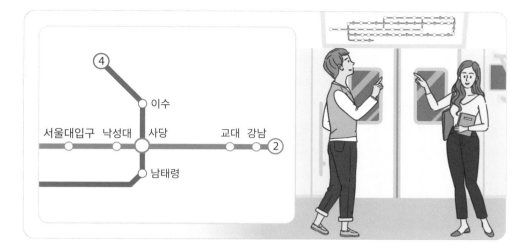

1) 여자는 사당역에서 4호선으로 갈아탈 거예요.   (   )

2) 남자와 여자는 사당역에서 같이 밥을 먹으려고 해요.   (   )

💬 어디에 가고 싶어요? 거기에 어떻게 가요? 어디에서 갈아타요?
你想去哪裡？怎麼搭地鐵去那裡？要在哪一站轉車呢？

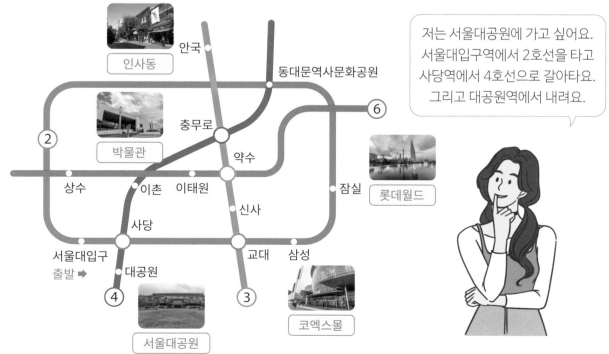

> 저는 서울대공원에 가고 싶어요.
> 서울대입구역에서 2호선을 타고
> 사당역에서 4호선으로 갈아타요.
> 그리고 대공원역에서 내려요.

서울역에서 여기까지 10분쯤 걸립니다

從首爾站到這裡大概花10分鐘

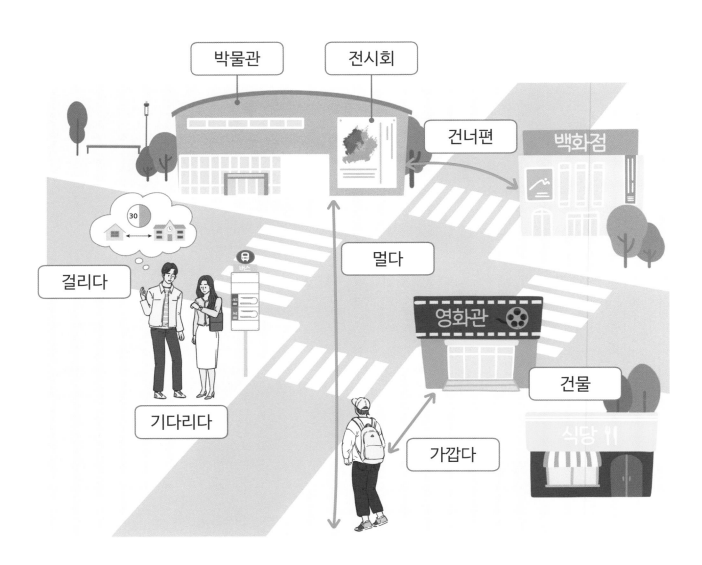

가깝다 近的	멀다 遠的	걸리다 花費	기다리다 等待
건너편 對街	건물 建築物	박물관 博物館	전시회 展覽

▶ 집이 학교에서 멀어요?
▶ 집 건너편에 뭐가 있어요?

 이쪽 這邊   그쪽 那邊（近處）   저쪽 那邊（遠處）
왼쪽 左邊   오른쪽 右邊

준비　한국에서 어디에 갔어요? 집에서 거기까지 멀어요?
你去過韓國哪些地方？從家裡到那裡遠嗎？

읽기 1　전시회 안내입니다. 잘 읽고 맞으면 ○, 틀리면 × 하세요.
以下是展覽的介紹。讀完後，正確請打○，錯誤請打×。

22

서울역의
어제와 오늘

언제: 20**년 1월 13일(목)~16일(일)
어디: 서울박물관

1960년의 서울역과 2020년의 서울역을 보고 싶습니까?
서울박물관으로 오세요. 여기에 서울역의 사진이 있습니다.
지하철 4호선 **서울역에서 여기까지** 걸어서 10분쯤 걸립니다.
많이 오세요.

연도를 읽을 때
閱讀年分時

1960년 **천구백육십 년**
2020년 **이천이십 년**

1) 남자는 서울역에서 사진을 봐야 돼요.　　　　(　　)

2) 지하철역에서 박물관까지 십 분쯤 걸려요.　　(　　)

읽기 2　다니엘의 여행 계획입니다. 잘 읽고 질문에 답해 보세요.
以下是丹尼爾的旅行計畫。讀完後請回答問題。

23

　　다음 주 일요일에 친구하고 '섬진강 기차마을'로 여행을 가려고
해요. KTX를 타고 갈 거예요. **서울역에서 기차마을까지** 세 시간쯤
걸려요. 조금 멀어요. 우리는 9시 기차를 탈 거예요. 그래서 8시
30분까지 서울역에 **가야 돼요.**
　　기차마을에서 기차도 구경하고 옛날 기차도 탈 거예요. 사진도
많이 찍을 거예요. 빨리 가고 싶어요.

섬진강 기차마을에서

걸어서 步行

1 빈칸에 알맞은 말을 쓰세요.

섬진강 기차마을에 어떻게 가요?	1) _____ 을/를 타고 가요. 서울역에서 기차마을까지 2) _____ 걸려요.
다니엘 씨는 기차마을에서 뭘 하려고 해요?	3) _____ 을/를 구경하고 4) _____ 을/를 탈 거예요. 5) _____ .

2 맞는 것을 고르세요.

① 다니엘은 여덟 시 기차를 탔어요.

② 다니엘은 다음 주 주말에 여행을 갈 거예요.

③ 다니엘은 기차마을까지 옛날 기차를 타고 갈 거예요.

친구를 인터뷰해 보세요.
請試著採訪朋友。

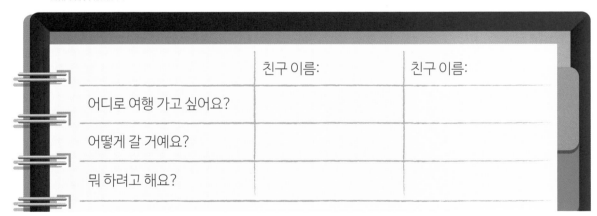

	친구 이름:	친구 이름:
어디로 여행 가고 싶어요?		
어떻게 갈 거예요?		
뭐 하려고 해요?		

문법과 표현

名 에서 名 까지 ☞ P.14

動 -아야/어야 되다 ☞ P.15

섬진강 기차마을 蟾津江火車村　　옛날 很久以前

준비 **한국에서 어디에 가고 싶어요? 어떻게 갈 거예요? 메모해 보세요.**
你想去韓國哪裡？要怎麼去呢？請筆記下來。

보기		메모
언제 갈 거예요?	다음 달	
어디로 갈 거예요?	춘천	
어떻게 갈 거예요?	기차	
얼마나 걸려요?	한 시간	
뭐 할 거예요?	닭갈비를 먹어요, 자전거를 타요	

쓰기 **한국에서 어디에 가고 싶어요? 메모를 보고 [보기]와 같이 써 보세요.**
你想去韓國哪裡？請看上題筆記，仿照例文寫寫看。

> **보기**
>
> 저는 다음 달에 친구하고 춘천에 갈 거예요. 기차를 타고 갈 거예요. 서울에서 춘천까지 한 시간쯤 걸려요. 우리는 닭갈비를 먹을 거예요. 닭갈비는 조금 매워요. 하지만 맛있어요. 우리는 사진도 많이 찍고 자전거도 탈 거예요. 꼭 가고 싶어요.

춘천 春川   닭갈비 辣炒雞

💬 **여행 이야기를 만들어 보세요.**
請試著安排旅遊行程。

活動學習單
P.152

1 여러분은 지금 서울에 있어요. 어디로 가고 싶어요? 뭘 타고 가요?
거기에서 뭐 하고 싶어요? 한국 지도를 보고 친구하고 이야기해 보세요.

你現在在首爾。你想去哪裡呢？要搭什麼交通工具去？想在哪裡做什麼？
請參考韓國地圖，和朋友說說看。

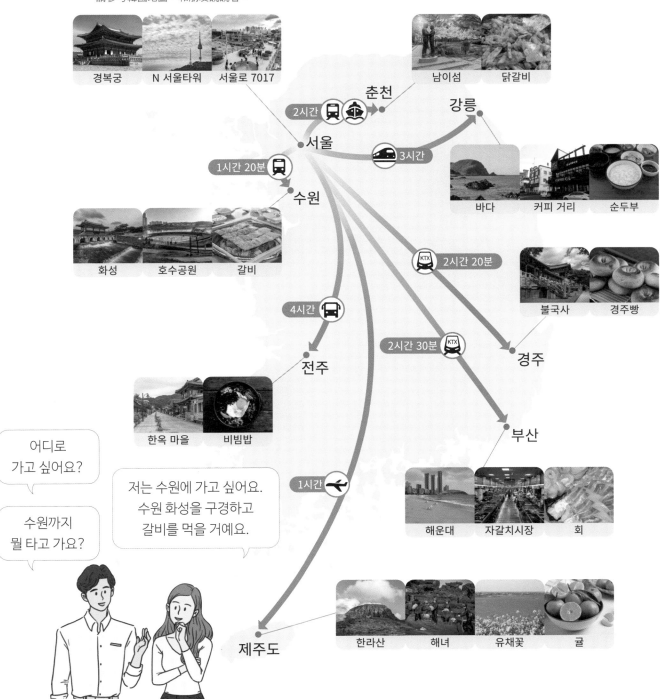

어디로 가고 싶어요?

수원까지 뭘 타고 가요?

저는 수원에 가고 싶어요. 수원 화성을 구경하고 갈비를 먹을 거예요.

2 친구하고 같이 주사위를 4번 굴리세요.
請和朋友一起丟4次骰子。

	1) 언제?	2) 어디로?	3) 누구하고?	4) 어떻게?
⚀	지난주 토요일	경주	(친구)	🚢
⚁	겨울	(부산)	혼자	(🚲)
⚂	5월	제주도	부모님	✈️
⚃	(크리스마스)	수원	가수 _____ 씨	🚶
⚄	방학	춘천	강아지	🚆
⚅	제 생일	전주	곰 인형	🚗

1) [크리스마스] 2) [부산] 3) [친구] 4) [🚲]

3 주사위에서 나온 단어를 활용해서 이야기를 만들어서 발표해 보세요.
請用骰子上面的單字完成行程並發表。

> 저는 이번 [크리스마스]에 [친구]하고 같이 [부산]으로 여행을 갔어요. 서울에서 부산까지 [자전거를 타고] 갔어요. 일주일쯤 걸렸어요. 정말 멀었어요. 다리가 너무 아팠어요. 하지만 우리는 부산 바다 앞에서 사진을 찍고 시장에서 찌개도 먹었어요. 그런데 여러분, 자전거를 타고 가지 마세요. 정말 힘들어요.

4 어느 팀의 이야기가 제일 재미있어요?
哪一組的行程最有趣？

文化
문화

● ## 어디에서 버스를 기다려요?

한국에는 '스마트 정류장'이 있어요.
버스가 오는 시간을 보면서 버스를 기다릴 수 있어요.
정류장 안에는 무료 와이파이와 휴대폰 충전기가 있어요.
여름에는 시원하고 겨울에는 따뜻한 스마트 정류장에서 편하게 버스를 기다려요.

ⓒ 충주시

충전기

발음
發音

24

역 이름에 받침 'ㄹ'이 있는 경우에는 '역'에 [ㄹ]을 넣어 발음하고, 'ㄹ' 이외의 받침이 있는 경우에는 [ㄴ]을 넣어 발음합니다.

車站名稱如果有終聲「ㄹ」，則為「역」加上[ㄹ]來發音；如果是「ㄹ」以外的終聲，則加上[ㄴ]來發音。

예 가: 어디에서 내려요?　　　　　　가: 시청역에서 갈아타요?
　　나: 서울역에서 내려요.　　　　　나: 아니요. 강남역에서 갈아타야 돼요.

자기 평가
自我評量

☐ 학교에서 집까지 얼마나 걸려요?
☐ 언제 고향에 돌아가려고 해요?
☐ 기차 여행을 하려고 해요. 어디로 가고 싶어요?

전화 電話

1 이 사람은 지금 뭐 해요?

2 누구하고 통화를 자주 해요?

요즘 잘 지내지요?

最近過得好嗎？

메시지를 보내다

대답이 없어요.

여보세요?

실례지만 누구세요?

영상 통화

010-1234-5678

메시지를 보내다 發送訊息   영상 통화 視訊   여보세요? 喂？

실례지만 누구세요? 不好意思，請問您是？   대답 回答

▶ '여보세요'가 여러분 나라말로 뭐예요?
▶ 전화번호가 몇 번이에요?

찾아보다

메시지를 받다

SNU 사무실

사무실

전화를 받다

공

전화번호

전화를 받다 接電話

메시지를 받다 接收訊息

전화번호 電話號碼

찾아보다 尋找

공 數字0

사무실 辦公室

말하기 1 **친구와 연습해 보세요.**
請和朋友練習看看。

25

가: 여보세요, 다니엘 씨? 저 나나예요.

　　잘 지내지요?

나: 아, 나나 씨. 오랜만이에요.

　　저는 잘 지내요.

가: **요즘도 바쁘지요?**

나: 네. 좀 바빠요.

1)
가족들도 다 건강하다
다 건강하다

2)
요즘도 회사에 잘 다니다
잘 다니다

3)
지금도 서울에 살다
서울에 살다

말하기 2 **친구와 연습해 보세요.**
請和朋友練習看看。

26

가: 테오 씨, 무슨 요일에 **요리를 배워요?**

나: **금요일에 배워요.**

가: **요리 수업이** 어때요?

나: **조금 힘들지만** 재미있어요.

1)
한국어, 배우다
월요일부터 금요일까지
한국어 수업
어렵다, 재미있다

2)
아르바이트, 하다
주말
아르바이트
일이 많다, 괜찮다

3)
요가 수업, 하다
목요일
요가 수업
잘 못하다, 재미있다

문법과
표현
動形 -지요? ☞ P.16~17
動形 -지만 ☞ P.18~19

잘 지내다 過得好　　오랜만이에요 好久不見　　다 全部　　건강하다 健康的　　괜찮다 不錯的、還可以的

친구와 이야기해 보세요.
請和朋友說說看。

27

하이: 여보세요? 안나 씨, 지금 통화 괜찮아요?

안나: 네. 괜찮아요. 무슨 일 있어요?

하이: 안나 씨, 그림 전시회를 일요일까지 하지요?

안나: 네. 이번 주 일요일까지 해요. 그런데 왜요?

하이: 회사에 일이 많아요. 그래서 전시회에 너무 가고 싶지만 못 가요. 미안해요.

안나: 아, 그래요? 괜찮아요. 전시회 사진을 많이 찍을 거예요. 나중에 보세요.

발음 發音
• 싶지만 [십찌만]

1)

토요일

| 토요일에 캠핑하다 |
| 고향 집에 일이 있다 |
| 다음에 같이 가다 |

2)

금요일

| |
| |
| |

준비 **친구의 전화번호가 몇 번이에요? 듣고 쓰세요.**
朋友的電話號碼是幾號呢？聽完後請寫下來。

● 친구 이름 :

● 친구 이름 :

듣기 1 **남자와 여자가 전화를 합니다. 잘 듣고 알맞은 것을 고르세요.**
以下是男生和女生的通話內容。聽完後請選出正確的答案。

28

· ① 2404-1453

1) 사무실 ·

· ② 6778-5431

· ③ 2304-1453

2) 서울식당 ·

· ④ 6778-5432

 어디에 전화해야 돼요?
以下情況要打給誰才對呢？

친구가 전화를 안 받아요. 어떻게 해야 돼요?

朋友沒接電話。該怎麼辦才好？

에릭과 나나가 전화합니다. 잘 듣고 맞는 것을 고르세요.

艾瑞克和娜娜正在通話。聽完後請選出正確的答案。

29

① 남자는 메시지를 보냈어요.

② 남자는 지금 밥을 먹으려고 해요.

③ 남자는 오늘 저녁에 약속이 있어요.

 ☑ 하고 친구하고 이야기해 보세요.

請勾選後和朋友說說看。

1 여러분은 뭘 제일 많이 해요?

2 누구하고 제일 자주 전화해요?

저는 부모님하고 전화를 자주 해요. 매일 저녁에 전화해요.
친구하고 전화는 잘 안 하지만 영상 통화는 자주 해요.
메시지도 많이 보내요. 사진도 보내고 이모티콘도 자주 보내요. 재미있어요.

이모티콘 表情符號

약속이 있어서 못 갔어요

因為有約了，所以沒辦法去

준비하다

시험을 보다

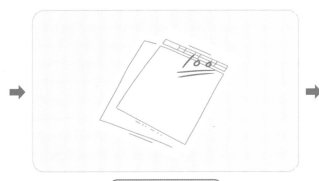

점수가 좋다

기분이 좋다

친구하고 놀다

준비하다 準備　　시험을 보다 參加考試　　점수가 좋다 分數高

기분이 좋다 心情好　　친구하고 놀다 和朋友玩

이야기해 보세요

▶ 보통 친구하고 어디에서 놀아요?
▶ 모레가 며칠이에요?

늦잠을 자다

길이 막히다

부탁이 있다

죄송하다

월요일	화요일	수요일	목요일	금요일
그저께	어제	오늘	내일	모레

늦잠을 자다 睡過頭	길이 막히다 交通堵塞	부탁이 있다 有事拜託
죄송하다 非常抱歉的	그저께 前天	모레 後天

준비 **무슨 이모티콘을 자주 써요? 옆 친구에게 보내세요.**
你經常使用什麼樣的表情符號呢？請發給旁邊的朋友。

| ^^ | ㅠㅠ | :) | +_+ | ('ㅅ') |

읽기 1 **닛쿤과 친구들의 대화입니다. 잘 읽고 맞으면 ○, 틀리면 ✕ 하세요.**
以下是尼坤和朋友們的對話。讀完後，正確請打○，錯誤請打✕。

30

닛쿤 씨, 왜 전화를 안 받아요? ㅠㅠ

안나

미안해요. **퇴근 시간이라서** 지하철에 사람이 너무 많아요. 그래서 전화 못 받았어요. 모두 어디에 있어요?

닛쿤

우리는 시청역 앞에 있어요. ^^

닛쿤 씨, 빨리 오세요!

테오

1) 닛쿤은 친구의 전화를 못 받았어요.

( )

2) 닛쿤은 약속이 있어서 시청역에 못 갔어요.

( )

여러분, 미안해요. ㅠㅠ 장소 이름을 잘못 **봐서** 신촌역에 왔어요.

문법과 표현 動形 -아서/어서 ☞ P.20
名 (이)라서 ☞ P.21

퇴근 下班   장소 場所   잘못 錯誤   신촌 新村

읽기 2 **제니의 이야기입니다. 잘 읽고 맞는 것을 고르세요.**
以下是有關珍妮的內容。讀完後請選出正確的答案。

　　우리 할머니는 한국 사람이에요. 전에는 제가 한국어를 **못해서** 자주 전화를 안 했어요. 요즘은 한국어를 조금 **배워서** 한국어로 전화해요.

　　그런데 우리 할머니는 정말 빨리 말해요. 저는 할머니를 사랑하지만 할머니 말을 잘 몰라요. 그래서 그냥 "네. 네. 할머니." 이렇게 이야기해요.

　　오늘부터 한국어를 더 열심히 공부하려고 해요. 할머니하고 많이 이야기하고 싶어요.

① 제니는 할머니하고 한국어로 전화해요.

② 제니는 부탁이 있어서 할머니하고 전화해요.

③ 제니는 한국 사람이라서 한국어를 빨리 말해요.

여러분은 한국어로 전화를 해요? 뭐가 어려워요?
你用韓文講電話嗎？你覺得哪裡困難？

5412? 5411?

여의도? 오이도?

한국 사람이
말을 빨리 해요.

한국어 숫자를
잘 몰라요.

한국어 발음을
잘 못해요.

할머니 奶奶　　전 以前　　몰라요 不知道　　그냥 就那樣　　숫자 數字　　발음 發音

준비 **한국어로 전화를 해요. 뭐가 어려워요? 다음을 읽어 보세요.**
用韓文講電話哪個部分困難？請閱讀以下內容。

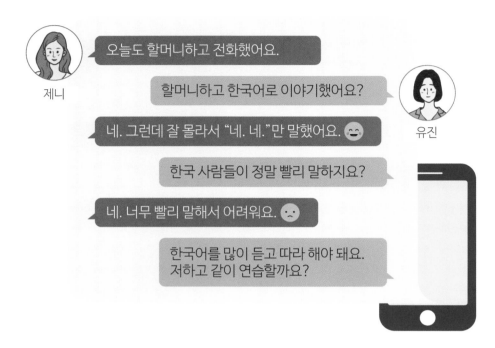

제니

오늘도 할머니하고 전화했어요.

할머니하고 한국어로 이야기했어요?

유진

네. 그런데 잘 몰라서 "네. 네."만 말했어요. 😄

한국 사람들이 정말 빨리 말하지요?

네. 너무 빨리 말해서 어려워요. ☹

한국어를 많이 듣고 따라 해야 돼요.
저하고 같이 연습할까요?

쓰기 **친구의 메시지를 읽고 답장을 써 보세요.**
請在讀完朋友的訊息後，試著撰寫回覆。

한국어 발음이 너무 어려워요.
연습을 많이 했지만 잘 못해요.
어떻게 해야 돼요? ㅜㅜ

한국어 시험 점수가 안 좋았어요.
다음 주에 또 시험을 봐요.
어떻게 준비해야 돼요?

따라 하다 跟著做   또 再次、又

과제

 친구와 전화해 보세요.
請試著打電話給朋友。

活動學習單
P.153

1 **한국어로 전화해요. 어떻게 말해요?**
你要用韓文講電話。該怎麼說呢？

여보세요.
⋯⋯⋯⋯ 씨 휴대폰이지요?
지금 통화 괜찮아요?

조금 크게 이야기해 주세요.
다시 한번 이야기해 주세요.

네. 안녕히 계세요.
고맙습니다.

2 **카드를 뽑으세요.**
請抽卡片。

김 선생님

오늘 엥흐 씨가 학교에 안 왔습니다.
그런데 엥흐 씨의 전화번호를 모릅니다.
전화번호를 물어보세요.

학생 2

엥흐 씨의 전화번호를 이야기하세요.
전화번호: 010-0880-5488

모르다 不知道　　물어보다 詢問

3 **카드를 보고 A와 B가 되어 전화해 보세요.**
請看卡片，扮演A和B講電話。

여보세요?

에릭 씨 휴대폰이지요?
김 선생님이에요.

아, 네. 선생님, 안녕하세요?

지금 통화 괜찮아요?

네. 괜찮아요.

오늘 엥흐 씨가 학교에 안 왔어요.
그런데 제가 엥흐 씨 전화번호를 몰라요.

아, 제가 엥흐 씨 전화번호를 알아요.

그래요? 전화번호가 몇 번이에요?

010-0880-5488이에요.

아, 고마워요. 내일 만나요.

안녕히 계세요.

문화

文化

● 여러분을 도와주는 전화가 있어요.

1) 아파서 병원에 가야 돼요.
   먼저 1339에 전화해 보세요.

2) 한국에서 여행하고 싶어요?
   120에 전화해 보세요.

발음
發音

32

받침소리 [ㅂ] 뒤에 오는 'ㄱ, ㄷ, ㅂ, ㅅ, ㅈ'은 [ㄲ, ㄸ, ㅃ, ㅆ, ㅉ]로 발음합니다.
終聲[ㅂ]之後出現的「ㄱ、ㄷ、ㅂ、ㅅ、ㅈ」，讀為[ㄲ、ㄸ、ㅃ、ㅆ、ㅉ]。

예 가: 오늘 운동해요?
    나: 아니요. 하고 싶지만 오늘 너무 바빠요.

가: 주말에 시간이 있어요?
나: 토요일에는 시간이 없지만 일요일
    에는 괜찮아요.

자기 평가
自我評量

☐ 휴대폰 번호가 몇 번이에요?

☐ 왜 한국어를 공부해요?

☐ 친구가 전화를 안 받아요. 어떻게 해요?

13

옷과 외모 衣服和外表

1 어디에서 옷을 사요?

2 어떤 옷을 입고 싶어요?

싸고 예쁜 옷이 많아요

有很多便宜又漂亮的衣服

| 키가 크다 身高高 | 키가 작다 身高矮 | 길다 長的 | 짧다 短的 |
| 높다 高的 | 낮다 低的 | 멋있다 好看的 | |

▶ 우리 반에서 누가 제일 키가 커요?
▶ 고향에서 어느 산이 제일 높아요?

높다

쓰다

길다

벗다

입다

신다

입다 穿（衣服）　　　신다 穿（鞋子）　　　쓰다 戴（帽子）　　　벗다 脫

말하기 1 **친구와 연습해 보세요.**
請和朋友練習看看。

33

가: 이거 에릭 씨 **가방**이에요? **멋있네요.**

나: 네. **멋있죠?** 세일해서 샀어요.

가: 어디에서 샀어요?

나: **명동**에서 샀어요.

1)

| 예쁘다 |
| 싸고 예쁘다 |
| 백화점 |

2)

| 좋다 |
| 어제 갑자기 비가 오다 |
| 학교 앞 편의점 |

3)
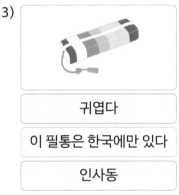

| 귀엽다 |
| 이 필통은 한국에만 있다 |
| 인사동 |

말하기 2 **친구와 연습해 보세요.**
請和朋友練習看看。

34

가: 안나 씨, 옷이 정말 **예쁘네요.**

나: 고마워요. 어제 강남역에서 샀어요.

가: 그래요? 강남역에 옷 가게가 있어요?

나: 네. 있어요. 싸고 예쁜 옷이 많아요.

1)

| 멋있다 |
| 홍대 |
| 괜찮다 |

2)

| 귀엽다 |
| 명동 |
| 좋다 |

3)

| 예쁘다 |
| 남대문시장 |
| 멋있다 |

문법과
표현
動 形 -네요 ☞ P.22
形 -(으)ㄴ 名 ☞ P.23

세일하다 特賣   갑자기 忽然   옷 가게 服飾店   남대문시장 南大門市場

35

말하기 3 **친구와 이야기해 보세요.**
請和朋友說說看。

제니: 오늘 파티에 테오 씨 여자 친구도 왔네요.

닛쿤: 테오 씨 여자 친구를 알아요?

제니: 네. 휴대폰에서 사진을 봤어요. 테오 씨가 사진을 보여 줬어요.

닛쿤: 그래요? 여자 친구가 누구예요?

제니: 저기 머리가 길고 키가 큰 여자예요.

닛쿤: 모자를 썼어요?

제니: 아니요. 모자를 안 썼어요. 지금 테오 씨 옆에 있어요.

발음 發音

• 왔네요 [완네요]

1)

| 유진 씨 남자 친구 |
| 키가 크고 눈이 크다 |
| 안경을 쓰다 |

2)

| |
| |
| |

파티 派對   보여 주다 給（某人）看   머리 頭髮

준비 **그림을 보고 어울리는 문장과 연결하세요.**
請看圖連接對應的敘述。

- 머리가 길어요. •
- 머리가 짧아요. •
- 키가 커요. •
- 키가 작아요. •
- 한복을 입었어요. •
- 수영복을 입었어요. •

듣기 1 **민우와 안나의 대화입니다. 잘 듣고 맞으면 ○, 틀리면 × 하세요.**
以下是民佑和安娜的對話。聽完後，正確請打○，錯誤請打×。

36

1) 강아지의 이름은 김치예요.　　　　(　　)

2) 남자는 지금 머리가 길어요.　　　　(　　)

그림을 보고 이야기해 보세요.
請看圖說說看。

이거는 우리 가족사진이에요.

우리 엄마는 키가 커요. 그리고 ＿＿＿＿＿＿＿＿＿.

우리 형은 ＿＿＿＿＿＿＿＿＿＿＿＿＿＿＿＿.

우리 강아지 이름은 ＿＿＿＿＿＿＿＿＿＿＿.

여러분에 대해 이야기해 보세요.

請試著描述你自己。

☐ 키가 커요.	☐ 머리가 길어요.	☐ 안경을 써요.	☐ ....
☐ 키가 작아요.	☐ 머리가 짧아요.	☐ 안경을 안 써요.	☐ ....

크리스가 한국어 반 친구들을 소개합니다. 잘 듣고 질문에 답해 보세요.

克里斯正介紹韓語班的朋友們。聽完後請回答問題。

37

1 알맞은 그림을 연결하세요.

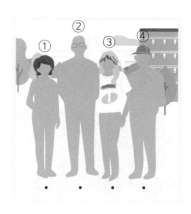

- 테오

- 안나

- 에릭

- 마리

2 잘 듣고 맞는 것을 고르세요.

① 안나는 매운 음식을 좋아해요.

② 크리스는 마리를 많이 도와줘요.

③ 에릭은 재미있고 친절한 사람이에요.

카드를 사용해서 우리 반 친구들을 소개해 보세요.

請利用以下卡片介紹自己班上的朋友。

키가 크다	멋있다	잘하다	귀엽다
좋아하다	모자를 자주 쓰다	머리가 길다	머리가 짧다

우리 반 친구들은 모두 여섯 명입니다.
우리 반에서 제일 키가 큰 사람은 엥흐 씨입니다.
엥흐 씨는 모자를 자주 씁니다.
우리 반에서 머리가 제일 짧은 사람은 닛쿤 씨입니다.
닛쿤 씨는 노래를 잘합니다.

긴 바지를 자주 입어요
我經常穿長褲

코트

한복

티셔츠

바지

원피스

구두

치마

운동화

바지 褲子 　　　치마 裙子 　　　코트 外套 　　　티셔츠 T恤 　　　원피스 連身裙
한복 韓服 　　　운동화 運動鞋 　　　구두 皮鞋

▶ 무슨 옷을 자주 입어요?

▶ 구두를 자주 신어요? 운동화를 자주 신어요?

 편하다 舒服的　　　　　　불편하다 不舒服的

두껍다 厚的　　　　　　　얇다 薄的

준비 **여러분은 어떤 옷을 자주 입어요?**
你經常穿什麼樣的衣服？

읽기 1 **한복 전시회 초대장입니다. 잘 읽고 맞으면 ○, 틀리면 × 하세요.**
以下是韓服展覽的邀請函。讀完後，正確請打○，錯誤請打×。

38

사계절 이야기가 있는 한복

인사동에서 한복 전시회를 합니다.
얇은 여름 한복부터
두꺼운 겨울 한복까지 있습니다.
한복을 입고 사진을 **찍는 곳**도 있습니다.
꼭 오세요.

1) 전시회에서 예쁜 한복을 팝니다. (　　　)

2) 전시회에 두꺼운 한복도 있습니다. (　　　)

문법과 표현
'ㄹ' 탈락　　☞　P.24
動 -는 名　　☞　P.25

사계절 四季　　곳 地方　　팔다 賣　　프로그램 程式　　양복 西裝　　남산 南山

한국 잡지입니다. 잘 읽고 맞는 것을 고르세요.
以下是韓國雜誌。讀完後請選出正確的答案。

39

에릭(프랑스)

저는 학교에 다녀요. 운동을 많이 해서
발이 자주 아파요. 그래서 편한 운동화를
많이 신어요. 모자도 자주 써요.

크리스(호주)

저는 요리사예요. **요리하는 곳**이
너무 더워서 두꺼운 옷을 안 입어요.
얇은 티셔츠하고 **긴** 바지를 입어요.

소날(인도)

저는 컴퓨터 회사에서 프로그램을 **만드는 일**을 합니다. 우리
회사에서 **일하는 사람들**은 양복을 안 입고 편한 옷을 입습니다.
여름에는 짧은 바지도 입습니다. **긴** 치마를 입고 낮은 구두를
신는 사람들도 있습니다.

"무슨 옷을 자주 입어요?"

크리스
(호주)

에릭
(프랑스)

소날
(인도)

① 크리스는 두꺼운 옷과 긴 바지를 입어요.
② 에릭은 운동선수라서 매일 운동화를 신어야 돼요.
③ 소날의 회사에서 일하는 사람들은 편한 옷을 입어요.

💬 **어떤 옷을 입을 거예요? 이야기해 보세요.**
請說說看你要穿什麼樣的衣服。

요즘 날씨가 좋아요. 그래서 이번 주 주말에 친구하고 같이
남산에 가려고 해요. 남산은 사람들이 많이 가는 산이에요.
저는 편한 바지를 입고 모자를 쓸 거예요.

寫作
쓰기 13-2

준비 **여러분은 뭘 자주 입어요? 메모해 보세요.**
你經常怎麼穿呢？請筆記下來。

	☐ 편하다	☐ 두껍다	☐ 얇다	☐ 가볍다	☐ 따뜻하다	☐ ....
☐ 높다	☐ 낮다	☐ 편하다	☐		
☐ 예쁘다	☐ 귀엽다	☐ 멋있다	☐		
☐ 크다	☐ 작다	☐ 비싸다	☐ 싸다	☐	
☐	☐	☐	☐		

쓰기 **주말에 친구들을 만나려고 해요. 어떤 옷을 입고 싶어요?**
메모를 보고 보기 와 같이 써 보세요.
你打算週末去見朋友。你想穿什麼樣的衣服呢？
請看上題筆記，仿照例文寫寫看。

> **보기**
> 제가 자주 입는 옷은 긴 원피스예요. 긴 원피스는 가볍고 예뻐서 좋아요. 하지만 이번 주
> 주말에는 친구들하고 등산을 할 거예요. 그래서 편한 티셔츠와 바지를 입으려고 해요. 운동화를
> 신고 모자도 쓸 거예요. 산 위에서 친구들하고 멋있는 사진을 많이 찍고 싶어요.

💬 **반 친구들을 인터뷰해 보세요.**
請試著採訪班上的朋友。

1 **친구들을 만나서 이야기해 보세요. 그리고 친구의 이름을 쓰세요.**
請找朋友們聊天，並且寫下朋友的名字。

질문	친구 이름
아침에 고기를 먹어요?	엥흐
매일 맛있는 음식을 만들어요?	
?	

질문	친구 이름
커피숍에서 숙제를 해요?	
가방에 우산이 있어요?	
필통이 작고 귀여워요?	
?	

질문	친구 이름
서울대학교 기숙사에 살아요?	
집에서 한국 노래를 자주 들어요?	
?	

엥흐 씨, 아침에 고기를 먹어요?

네. 저는 아침에 고기를 먹어요.

2 **인터뷰 내용을 쓰고 발표해 보세요.**
請撰寫採訪內容並試著發表。

1급 _____ 반 친구들 이야기

아침에 고기를 먹는 사람은 엥흐 씨예요.
엥흐 씨는 고기를 좋아해요.

_____.
저는 _____ 씨가 만드는 한국 음식을 먹고 싶어요.

커피숍에서 _____ 사람은 _____ 씨하고 _____ 씨예요.
_____ 씨는 커피숍에 자주 가요.

가방에 _____ 사람은 _____.
그래서 가방이 항상 무거워요.

_____.
저도 작은 필통을 사고 싶어요.

_____ 친구는 _____.
집이 가까워서 걸어서 학교에 와요.

_____ 사람은 _____ 씨하고 _____ 씨예요.
한국 노래를 좋아해서 자주 들어요.

?

?

문화 文化 ● 어디에서 쇼핑해요?

한국 사람들은 백화점, 시장에서 쇼핑을 많이 해요.
그리고 지하철역과 가까운 지하상가에도 자주 가요. 옷이 싸고 좋아요.
요즘은 쇼핑, 식사, 놀이를 모두 할 수 있는 아웃렛이나 복합 쇼핑몰도 인기가 많아요.

아웃렛

쇼핑몰

백화점

시장

발음
發音

40

받침소리 [ㄷ]은 'ㄴ, ㅁ' 앞에서 [ㄴ]으로 발음합니다.
終聲[ㄷ]接在「ㄴ、ㅁ」前面，讀為[ㄴ]。

예 가: 책을 많이 읽었네요.
　　나: 네. 정말 재미있어요.

가: 지금 교실에 있는 사람은 누구예요?
나: 에릭 씨하고 엥흐 씨예요.

자기 평가
自我評量

☐ 싸고 좋은 옷을 사고 싶어요. 어디에 가야 돼요?

☐ 여러분이 자주 입는 옷이 뭐예요? 왜 자주 입어요?

☐ 우리 반 친구들은 오늘 어떤 옷을 입었어요?

초대와 약속 邀請和約定

1 언제 친구들을 집에 초대해요?

2 한국에서 무슨 파티에 갔어요?

우리 집에 축구 보러 오세요
來我家看足球吧

초대하다

우리 집에서 생일 파티를 해요.
우리 집에 오세요.

축하하다

생일 축하합니다

기쁘다

선물을 주다

선물을 받다

초대하다 邀請   축하하다 恭喜   기쁘다 開心的

선물을 주다 送禮   선물을 받다 收禮

▶ 생일에 무슨 선물을 받고 싶어요?
▶ 약속에 늦었어요. 어떻게 할 거예요?

식사하다

파티하다

늦다

양복을 입다

식사하다 用餐　　파티하다 開派對　　양복을 입다 穿西裝　　늦다 遲來的

말하기 1 **친구와 연습해 보세요.**
請和朋友練習看看。

가: 테오 씨, 수업 끝나고 시간이 있어요?

나: 네. 있어요. 그런데 왜요?

가: 저하고 **이태원**에 같이 갈 수 있어요?
친구가 파티에 초대했어요.
그래서 **옷을 사러** 가려고 해요.

나: 좋아요. 같이 가요.

1)
| 백화점 |
| 옷이 너무 크다 |
| 옷을 바꾸다 |

2)
| 도서관 |
| 시험 준비를 해야 되다 |
| 공부하다 |

3)
| 식당 |
| 너무 배고프다 |
| 밥을 먹다 |

말하기 2 **친구와 연습해 보세요.**
請和朋友練習看看。

가: 금요일에 **제 생일 파티를 하려고** 해요.
아야나 씨도 올 수 있어요?

나: 네. 갈 수 있어요. 어디로 갈까요?

가: **6시까지 하나식당으로** 오세요.

나: 좋아요. 금요일에 봐요.

1)
| 옆 반 친구들하고 농구하다 |
| 같이 하다 |
| 10시 |
| 학교 운동장 |

2)
| 친구들하고 식사하다 |
| 밥 먹으러 오다 |
| 12시 반 |
| 기숙사 앞 |

3)
| 피자를 만들다 |
| 도와주다 |
| 4시 |
| 우리 집 |

문법과
표현
動 -(으)러 가다/오다 ☞ P.26
動 -(으)ㄹ 수 있다/없다 ☞ P.27

바꾸다 交換

친구와 이야기해 보세요.

請和朋友說說看。

에릭: 나나 씨, 이번 주 토요일에 뭐 해요?

나나: 아직 약속이 없어요. 왜요?

에릭: 우리 집에 축구 보러 오세요. 한국 팀하고 호주 팀이 축구를 해요.

　　　아야나 씨하고 크리스 씨도 올 거예요.

나나: 그래요? 저도 같이 봐요. 몇 시까지 갈까요?

에릭: 5시까지 우리 집으로 올 수 있어요?

나나: 네. 갈 수 있어요.

에릭: 좋아요. 그럼 토요일에 만나요.

> **발음 發音**
> • 올 거예요 [올꺼예요]
> • 갈 수 있어요 [갈쑤이써요]

1)

금요일 저녁
놀다
생일 파티를 하다
6시, 우리 집

2)

3)

팀 隊

聽力
듣기

준비 **여러분은 언제 친구들을 초대해요?**
你什麼時候邀請朋友呢?

듣기 1 **에릭과 나나의 대화입니다. 잘 듣고 맞으면 ○, 틀리면 ✕ 하세요.**
以下是艾瑞克和娜娜的對話。聽完後,正確請打○,錯誤請打✕。

44

1) 여자는 토요일에 친구들을 집에 초대할 거예요.　　(　　)

2) 남자는 다른 약속이 있어서 놀러 갈 수 없어요.　　(　　)

상황을 보고 친구를 초대해 보세요.
請根據以下情況邀請朋友。

> 지난주에 이사해서 친구들하고
> 같이 밥을 먹으려고 해요.
> 5시에 서울식당에서 만날 거예요.

> 홍대에서 크리스마스 파티를 하려고 해요.
> 다음 주 금요일 저녁에 홍대입구역에서
> 만날 거예요.

> 내일 시간이 있어요?

> 네. 안 바빠요. 그런데 왜요?

> 지난주에 이사해서 친구들하고
> 같이 밥을 먹으려고 해요. 같이 갈 수 있어요?

> 네. 좋아요. 어디에서 먹을 거예요?

준비 **친구에게 좋은 일이 있어요. 무슨 말을 하고 싶어요?**
朋友有好消息。你想對朋友說什麼呢？

결혼 축하해요.

듣기 2 **라디오 방송입니다. 잘 듣고 맞는 것을 고르세요.**
以下是廣播內容。聽完後請選出正確的答案。

45

① 나나의 친구는 토요일에 결혼했어요.

② 나나의 친구는 노래 선물을 보냈어요.

③ 나나는 친구의 결혼식에 초대를 받았어요.

여러분은 무슨 선물을 주고 싶어요?
你想送什麼樣的禮物呢？

이사하다 搬家 　 결혼 結婚 　 결혼식 婚禮

주스를 마시면서 기다리고 있어요
我邊喝果汁邊等

혼자

함께

근처

춤추다

친하다

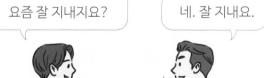

오랜만이에요.
요즘 잘 지내지요?

네. 잘 지내요.

지내다

혼자 獨自	함께 一起	근처 附近	춤추다 跳舞
친하다 要好的	지내다 過（日子）		

이야기해 보세요

▶ 집 근처에 뭐가 있어요?
▶ 제일 친한 친구의 이름이 뭐예요?

들어오다

들어오세요.

들어가다

울다

웃다

들어오다 進來	들어가다 進去	울다 哭	웃다 笑

준비

언제 파티를 해요? 파티에서 뭘 해요?
你什麼時候要開派對？要在派對上做什麼呢？

읽기 1

에릭과 제니의 메시지입니다. 잘 읽고 맞으면 ○, 틀리면 × 하세요.
以下是艾瑞克和珍妮的訊息。讀完後，正確請打○，錯誤請打×。

46

1) 에릭은 제니 집에 들어갔어요.　　　　　(　　　)

2) 에릭은 친구들과 함께 주스를 마셨어요.　　(　　　)

문법과 표현　　動 -고 있다　　☞　P.28
　　　　　　　　動 -(으)면서　　☞　P.29

시작하다 開始

읽기 2 **다니엘의 이야기입니다. 잘 읽고 질문에 답해 보세요.**
以下是有關丹尼爾的內容。讀完後請回答問題。

47

> 우리 반 친구들은 정말 친합니다. 우리는 한 달에 한 번 같이 밥을 먹습니다. 지난주 토요일에는 우리 집에서 밥을 먹었습니다. 그래서 아침부터 바빴습니다. 과일과 음료수를 사러 마트에 갔습니다. 마트에서 음식도 샀습니다. 그리고 집에서 요리했습니다.
>
> 7시쯤에 친구들이 모두 왔습니다. 우리는 같이 게임을 **하면서** 맛있는 음식을 먹었습니다. 밥을 먹고 노래방에 갔습니다. **노래하면서** 춤도 췄습니다. 에릭 씨가 춤을 못 춰서 우리는 많이 웃었습니다. 정말 재미있는 하루였습니다.

1 다니엘은 토요일에 뭘 했어요? 순서대로 번호를 쓰세요.

(1)　　　( )　　　( )　　　( )

2 맞는 것을 고르세요.

① 다니엘은 요리하면서 게임을 했어요.

② 다니엘은 지금 친구들을 초대하고 있어요.

③ 다니엘은 마트에서 과일하고 음료수를 샀어요.

친구를 인터뷰해 보세요.
請試著採訪朋友。

친구 이름: _____　　친구 이름: _____

언제 파티를 했어요?

어디에서 파티를 했어요?

뭐 하면서 놀았어요?

한 달 一個月　번 次　마트 超市　노래하다 唱歌

준비 **언제 파티를 했어요? 메모해 보세요.**
你什麼時候開了派對呢？請筆記下來。

보기		메모
무슨 파티였어요?	생일 파티	
언제 했어요?	지난주 금요일	
어디에서 했어요?	우리 집	
누구를 초대했어요?	우리 반 친구들	
뭐 했어요?	맛있는 음식을 먹으면서 게임을 했어요.	
어땠어요?	아주 재미있었어요.	

쓰기 **파티가 어땠어요? 메모를 보고 보기 와 같이 써 보세요.**
派對開得怎麼樣呢？請看上題筆記，仿照例文寫寫看。

> 보기
>
> 지난주 금요일은 제 생일이었습니다. 저는 우리 반 친구들을 초대했습니다. 반 친구들 모두 우리 집에 놀러 왔습니다. 우리는 함께 맛있는 음식을 먹으면서 게임을 했습니다. 친구들이 선물도 줬습니다. 저는 선물을 많이 받아서 기뻤습니다. 아주 재미있는 하루였습니다.

課堂活動
과제

💬 **파티를 계획해 보세요.**
請試著規畫一場派對。

活動學習單
P.154

1 **친구들과 파티를 할 거예요. 카드를 하나 골라서 써 보세요.**
你將和朋友們一起開派對。請抽出一張卡片寫寫看。

1) 무슨 파티예요?

2) 언제 해요?

3) 어디에서 해요?

4) 누구를 초대해요?

5) 뭘 입어요?

6) 뭘 할 거예요?
   뭘 할 수 있어요?

7) _____?

2   친구들과 같이 파티 포스터를 만들어 보세요. 무슨 파티에 가고 싶어요?

請和朋友們一起設計派對海報。你想參加哪一個派對呢？

● 한국 친구가 집에 초대했어요.

친구가 좋아하는 선물을
생각해 보세요. 그리고
작은 선물을 준비하세요.

신발을 신고 들어가지 마세요.
한국에서는 집 안에서
신발을 안 신어요.

친구가 이사하고
새집에 초대했어요?
세제하고 휴지를 선물해요.
친구가 부자가 될 거예요.

여러분 나라에서는 무슨 선물을 해요? 무슨 선물을 안 해요?

발음
發音

48

'-(으)ㄹ' 뒤에 오는 'ㄱ, ㅅ'은 [ㄲ, ㅆ]로 발음합니다.
「-(으)ㄹ」之後出現的「ㄱ、ㅅ」，讀為[ㄲ、ㅆ]。

예 가: 몇 시까지 올 수 있어요?　　가: 오늘 뭐 할 거예요?
　　나: 5시까지 갈 수 있어요.　　나: 친구 집에서 파티를 할 거예요.

자기 평가
自我評量

☐ 생일 파티를 하러 어디에 가고 싶어요?

☐ 어디에서 좋은 선물을 살 수 있어요?

☐ 친구가 약속 시간에 늦어요. 친구를 기다리면서 뭘 해요?

15

가족 家人

1 이 사진은 무슨 사진이에요?

2 언니, 오빠, 형, 누나, 동생이 있어요?

15-1 아버지는 산에 자주 가세요
爸爸經常去山上

가족

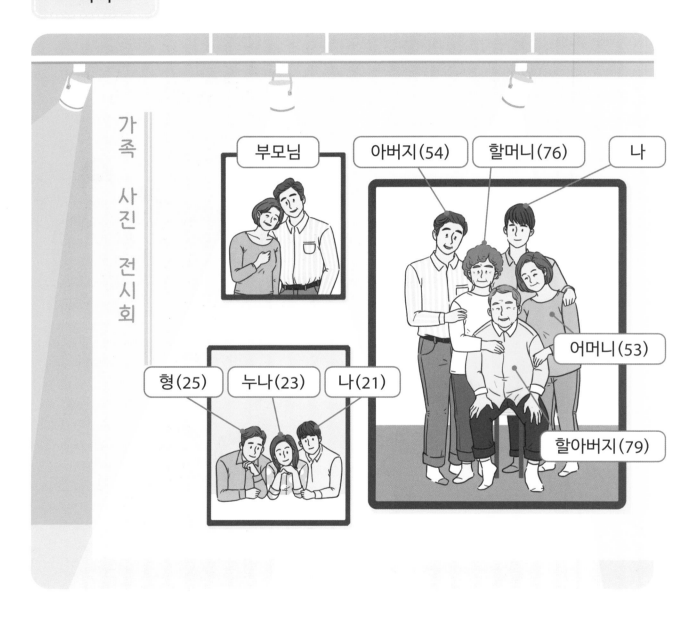

가족 사진 전시회

부모님

아버지(54)

할머니(76)

나

어머니(53)

할아버지(79)

형(25) 누나(23) 나(21)

가족 家人　　할아버지 爺爺　　할머니 奶奶　　아버지 爸爸　　어머니 媽媽

부모님 父母　　형 哥哥（男性使用）　　누나 姐姐（男性使用）　　나 我（非正式）

▶ 가족이 모두 몇 명이에요?

오빠 哥哥（女性使用）　　　언니 姐姐（女性使用）　　　동생 弟妹

남편 丈夫　　　　　　　　　아내 妻子　　　　　　　　아들 兒子　　　딸 女兒

말하기 1 **친구와 연습해 보세요.**
請和朋友練習看看。

49

가: 테오 씨, 이분은 누구세요?

나: 우리 **아버지**세요.

가: **아버지**가 등산을 좋아하세요?

나: 네. 우리 **아버지**는 산에 자주 가세요.

1)
| 어머니 |

2)
| 할아버지 |

3)
| 할머니 |

말하기 2 **친구와 연습해 보세요.**
請和朋友練習看看。

50

가: 닛쿤 씨, 지금 뭐 해요?

나: **할머니**께 메일을 보내고 있어요.

가: 그래요? **할머니**가 컴퓨터를 잘하세요?

나: 네. 잘하세요.

1)
| 어머니 |

꽃 사진을 보내다

어머니가 꽃을 좋아하다

2)
| 친구 |

선물을 보내다

친구 생일이다

3)
| 사무실 |

메일을 쓰다

한국어로 써야 되다

문법과 표현
動 形 -(으)세요, 名 (이)세요   ☞ P.30
名 한테/께   ☞ P.31

이분 這位（正式）   꽃 花

친구와 이야기해 보세요.
請和朋友說說看。

51

유진: 닛쿤 씨, 가족이 몇 명이에요?

닛쿤: 네 명이에요. 아버지, 어머니하고 동생이 있어요. 유진 씨도 동생이 있어요?

유진: 네. 남동생이 한 명 있어요. 가족들은 모두 고향에 있어요.

닛쿤: 그래요? 유진 씨 고향은 어디예요?

유진: 강릉이에요. 서울에서 멀어서 자주 못 가요.

닛쿤: 그럼 부모님께 자주 전화해요?

유진: 네. 매일 영상 통화를 해요.

　　　어머니가 저를 많이 보고 싶어 하세요.

발음 發音
• 강릉 [강능]

1)

누나
프랑스 파리
부모님

2)

남동생 弟弟　　　강릉 江陵

준비 **가족과 언제 사진을 찍었어요? 사진을 보면서 이야기해 보세요.**
你什麼時候和家人拍照的？請看照片說說看。

듣기 1 **제니와 테오의 대화입니다. 잘 듣고 맞는 것을 고르세요.**
以下是珍妮和迪歐的對話。聽完後請選出正確的答案。

52

① 남자는 형이 있어요.

② 남자는 지금 학교에 다녀요.

③ 남자는 할머니를 보고 싶어 해요.

💬 **이야기해 보세요.**
請說說看。

친구 이름: _____

가족 중 누구하고 이야기를 제일 많이 해요?

가족 중 누구한테 전화를 제일 자주 해요?

생일에 가족한테 무슨 선물을 줬어요?

특히 尤其是   중 之中

53

준비 **한국에서 누구하고 살고 있어요?**
你和誰一起住在韓國呢？

듣기 2 **방송 프로그램입니다. 잘 듣고 질문에 답해 보세요.**
以下是電視節目。聽完後請回答問題。

1 **잘 듣고 맞으면 ○, 틀리면 × 하세요.**
聽完後，正確請打○，錯誤請打×。

1) 여자는 러시아에 살고 있어요. (　　　)　　　2) 여자는 고양이와 함께 살고 있어요. (　　　)

2 **잘 듣고 이어질 내용으로 맞는 것을 고르세요.**
聽完後，請選出即將發生的情況。

① 남자와 여자가 서울에서 만나요.
② 두 사람의 한국 생활 이야기를 봐요.
③ 두 사람의 룸메이트와 이야기를 해요.

💬 **가족사진이 있어요? 사진을 보면서 이야기하세요.**
你有全家福嗎？請看照片說說看。

제가 제일 사랑하는 사람은
우리 할머니예요.
우리 할머니는 한국 사람이세요.
저한테 한국 이야기를 많이 하세요.
저는 할머니가 너무 좋아요.

제 룸메이트는 저한테 가족이에요.
우리는 같이 춤 연습도 하고
노래 연습도 해요.
제 친구도 가수가 되고 싶어 해요.
우리는 매일 같이 연습해요.

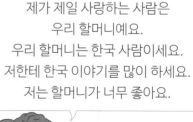

고양이 貓　　되다 成為、當　　영상 影片

부모님이 한국에 오실 거예요
我的父母將要來韓國

집에 있다　댁에 계시다　생일　생신

먹다　드시다　마시다　드시다

이름(마리)　성함(나나코)

두 명　두 분

생일 - 생신 生日　　집 - 댁 家　　이름 - 성함 姓名　　있다 - 계시다 在

먹다 - 드시다 吃　　마시다 - 드시다 喝　　명 - 분 位（人數）

▶ 몇 살이에요?
▶ 요즘 무슨 음악을 자주 들어요?

듣다

자다　　　　주무시다　　　　걷다

나이

제 이름은 유라예요.
저는 열 살이에요.
우리 할아버지 연세는 일흔셋이세요.

연세

10	20	30	40	50	60	70	80	90	100
열	스물	서른	마흔	쉰	예순	일흔	여든	아흔	백

몇 살이에요?

스물하나예요.

아버지 연세가 어떻게 되세요?

쉰둘이세요.

자다 - 주무시다 睡覺　　　나이 - 연세 年齡　　　걷다 走路　　　듣다 聽

준비　**언제 가족이 보고 싶어요?**

你什麼時候會想念家人？

읽기 1　**닛쿤의 이야기입니다. 잘 읽고 맞는 것을 고르세요.**

以下是有關尼坤的內容。讀完後請選出正確的答案。

54

저는 노래를 좋아해서 자주 **들어요**. 어제도 공원에서 **걸으면서** 한국 노래를 **들었어요**. 요즘 제가 자주 **듣는** 노래는 '할머니의 김치찌개'예요. 그 노래를 **듣고** 할머니 생각을 했어요. 우리 할머니도 요리를 잘하세요. 저는 할머니의 요리를 정말 좋아해요. 할머니는 다음 달에 저를 보러 한국에 **오실 거예요**. 빨리 할머니를 보고 싶어요.

할머니의 김치찌개

① 닛쿤은 노래를 들으면서 요리를 해요.

② 닛쿤의 할머니는 한국 음식을 좋아하세요.

③ 닛쿤의 할머니는 아직 한국에 안 오셨어요.

문법과
표현　動 形 -(으)셨어요, 動 -(으)실 거예요　☞　P.32

'ㄷ' 불규칙　☞　P.33

생각(을) 하다 思考

하이의 가족 소개입니다. 잘 읽고 질문에 답해 보세요.
以下是阿海的家庭介紹。讀完後請回答問題。

55

우리 가족은 모두 네 명이에요. 부모님이 계시고 형이 한 명 있어요.

우리 아버지는 **기자셨어요**. 지금은 일을 안 하고 계세요. 아버지는 운동을 좋아하세요. 그래서 매일 공원에서 **걸으세요**. 정말 친절하고 재미있으세요.

우리 어머니는 수학 **선생님이셨어요**. 한국 음악하고 드라마를 좋아하세요. 그래서 한국어를 조금 하실 수 있어요.

우리 형은 컴퓨터 회사에 다녀요. 너무 바빠서 자주 못 만나요. 옛날에는 형하고 많이 싸웠지만 지금은 제일 좋은 친구예요.

우리 부모님은 이번 휴가에 저를 만나러 한국에 **오실 거예요**. 부모님과 한국에서 좋은 시간을 보내고 싶어요.

1 맞는 것을 고르세요.

① 부모님이 한국에 오실 거예요.

② 형하고 자주 싸워서 못 만나요.

③ 아버지는 요즘 많이 못 걸으세요.

2 부모님은 무슨 일을 하셨어요?

아버지는 _____.

어머니는 _____.

친구의 가족은 몇 명이에요? 친구의 가족 소개를 들어 보세요.
朋友家裡有幾個人呢？請聽聽朋友的家庭介紹。

가족이 모두 몇 명이에요?

.... 은/는 무슨 일을 해요?

.... 은/는 뭐를 좋아해요?

수학 數學　　음악 音樂　　싸우다 吵架、打架　　휴가 放假　　보내다 度過

준비 **여러분 가족은 모두 몇 명이에요? 한 명을 소개해 보세요.**
你家裡有幾個人呢？請試著介紹其中一人。

보기		메모
소개하고 싶은 사람	아버지(62)	
성함	하세가와 데쓰야	
무슨 일을 하세요?	요리사셨어요. 지금은 일을 안 하세요.	
주말에 뭘 하세요?	어머니하고 자주 여행을 가세요.	
뭐를 좋아하세요?	음악을 좋아하세요. 매일 음악을 들으세요.	

쓰기 **메모를 보고 보기 와 같이 가족 소개를 써 보세요.**
請看上題筆記，仿照例文撰寫家庭介紹。

보기

　　우리 가족은 모두 네 명이에요. 제가 소개하고 싶은 가족은 우리 아버지예요. 아버지 성함은 하세가와 데쓰야세요. 우리 아버지는 예순둘이세요. 우리 아버지는 요리사셨어요. 지금은 집에서만 요리를 하세요. 우리 아버지는 어머니하고 자주 여행을 가세요. 지난여름에도 제주도에서 여행을 하셨어요. 아버지는 음악을 좋아하세요. 매일 음악을 들으세요. 저는 우리 아버지를 정말 사랑해요.

지난여름 上個夏天（指上個結束的夏天，如果在冬天說지난여름，則是同年的夏天）

💬 **미래의 가족을 소개해 보세요.**
請試著介紹未來的家人。

1 **여러분의 가족을 소개해 보세요.**
請試著介紹你的家人。

| 몇 명이에요? | 무슨 일을 하세요? | 어떤 분이세요? |

| 뭘 좋아하세요? | 지금 어디에 사세요? | 연세가 어떻게 되세요? |

가족이 몇 명이에요?

세 명이에요. 아버지가 계시고
오빠가 있어요.

아버지는 어디에 사세요?

아버지는 지금 고향에 계세요.

아버지는 뭘 좋아하세요?

아버지는 캠핑을 좋아하세요.
주말에 캠핑을 하러
가까운 캠핑장에 자주 가세요.

2 **여러분은 어떤 가족을 만들고 싶어요? 30년 후를 상상해서 메모해 보세요.**

你想組織什麼樣的家庭呢？請想像30年後的生活，並且筆記下來。

몇 명이에요?	누가 있어요?	무슨 일을 해요?
어떤 사람이에요?	뭘 좋아해요?	지금 어디에 살아요?

20_____년 우리 가족

3 **메모한 내용을 보고 발표해 보세요.**

請看上題筆記並試著發表。

지금은 2050년이에요.
저는 아직 결혼을 안 했어요.
그래서 아내가 없지만 친구들이 많아요.
그리고 우리 집에 고양이 가족도 있어요.

지금은 2050년이에요.
저는 남편하고 아들이 있어요. 남편은 회사에 다녀요.
아들은 가수라서 너무 바빠요.
우리 아버지는 요리사셨어요.
지금은 식당에서 일을 안 하세요.
하지만 집에서 요리를 자주 하세요.
우리 아버지의 요리는 항상 맛있어요.
우리 가족은 같이 안 살지만 전화를 자주 해요.

● 한국에서는 어른들께 두 손으로 물건을 드려요.

제가 선생님께 숙제를 드려요.

선생님이 저한테 책을 주세요.

친구가 저한테 지우개를 줘요.

제가 친구한테 지우개를 줘요.

발음
發音

56

받침소리 [ㅁ, ㅇ] 뒤에 연결되는 'ㄹ'은 [ㄴ]으로 발음합니다.
接在終聲[ㅁ、ㅇ]之後的「ㄹ」，讀為[ㄴ]。

예 가: 어디에서 친구를 만나요?　　　가: 한국어 능력 시험을 봐요?
　　나: 종로에서 만날 거예요.　　　　나: 네. 이번 달에 보려고 해요.

자기 평가
自我評量

☐ 가족이 몇 명이에요? 무슨 일을 해요?
친구한테 가족 소개를 하세요.

☐ 부모님 생신에 부모님께 무슨 선물을 드리고 싶어요?

16

여행 旅行

16-1 여기에서 사진을 좀 찍어 주세요

16-2 시간이 있으면 여기에 꼭 가 보세요

1 이 사람들은 지금 뭐 하고 있어요?
2 어디로 여행 가고 싶어요?

여기에서 사진을 좀 찍어 주세요

請在這裡幫我拍張照

여권 護照　　　　　돈을 바꾸다 換錢　　　　　돈을 찾다 領錢

출발하다 出發　　　도착하다 抵達

호텔

스누호텔

빌리다

돌아오다

보이다

돌아가다

호텔 飯店　　　　　　보이다 被看見　　　　　　빌리다 租借
돌아오다 回來　　　　　돌아가다 回去

말하기 1 **친구와 연습해 보세요.**
請和朋友練習看看。

가: 뭘 도와드릴까요?

나: **방 청소 좀 해 주세요.** 3시쯤 돌아와요.

가: 아, 네. 알겠습니다. 몇 호세요?

나: 704호예요.

1)

큰 우산 좀 빌리다
밖에 비가 많이 오다

2)

문 좀 열다
카드 키가 방에 있다

3)

수건을 바꾸다
수건이 안 깨끗하다

말하기 2 **친구와 연습해 보세요.**
請和朋友練習看看。

가: 이 호텔은 정말 크고 깨끗하네요.

　　밖에 보이는 바다도 정말 예뻐요.

나: 정말 좋죠? **1층에 큰 수영장이 있네요.**

가: 우리 지금 수영장에 가서 수영할까요?

나: 네. 좋아요.

1)

바다 옆에 산책하는 길이 있다
밖으로 나가다, 걷다

2)

근처에서 맛있는 음식을 팔다
거기에 가다, 맛있는 음식을 먹다

3)

호텔 옆 공원에서 자전거를 빌릴 수 있다
자전거를 빌리다, 타다

문법과
표현

動 -아/어 주세요 ☞ P.34
動 -아서/어서 ☞ P.35

도와드리다 幫助（對長輩）　　알겠습니다 知道了　　호 房號　　우산 雨傘　　카드 키 房卡　　수건 毛巾

친구와 이야기해 보세요.
請和朋友說說看。

59

테 오: 아야나 씨, 제주도에 잘 도착했어요?

아야나: 네. 잘 왔어요. 호텔에서 나와서 올레길에서 걷고 있어요.

테 오: 올레길 좋지요? 저도 작년에 갔어요.

　　　 그런데 많이 걸어야 돼서 조금 힘들었어요.

아야나: 맞아요. 힘들지만 바다도 예쁘고 날씨도 맑아서 기분이 좋네요.

테 오: 사진 많이 찍어서 나중에 저한테도 보여 주세요.

아야나: 네. 테오 씨도 방학 잘 보내세요.

테 오: 여행 잘하고 오세요.

발음 發音

• 도착했어요 [도차캐써요]

1)

해운대
해운대
바다에서 음악을 듣다
사람이 너무 많아서 힘들다

2)

설악산

3)

불국사

나오다 出來　　올레길 偶來小路　　해운대 海雲台　　설악산 雪嶽山　　불국사 佛國寺

준비 한국에서 어디로 여행 가고 싶어요?
你想去韓國哪裡旅行呢?

듣기 1 다니엘과 아야나의 대화입니다.
잘 듣고 다니엘이 이야기하는 호텔의 그림을 모두 고르세요.
以下是丹尼爾和阿雅娜的對話。聽完後,請選出丹尼爾提到的所有飯店模樣。

60

①    ②    ③

④    ⑤    ⑥

친구하고 여행 가서 어디에서 자고 싶어요? ☑ 하고 여행 계획을 이야기해 보세요.
你和朋友去旅行的時候,想在哪裡過夜呢?請勾選後說出你的旅行計畫。

☐    ☐    ☐    ☐

잠깐만 稍等   시내 市區

어디가 더 좋아요? ☑ 하세요.
你更喜歡哪裡呢？請勾選。

자밀라와 엥흐가 여행 이야기를 합니다. 잘 듣고 알맞은 것을 연결하세요.
賈蜜拉和恩和正在討論旅行。聽完後請連接正確的答案。

61

1)

자밀라

㉮

· ⓐ 시내 구경을 할 거예요.

㉯

· ⓑ 백화점에 갈 거예요.

2)

엥흐

㉰

· ⓒ 호텔에서 쉴 거예요.

어떤 여행을 좋아해요? 친구하고 이야기해 보세요.
你喜歡什麼樣的旅行呢？請和朋友說說看。

저는 구경을
많이 하는
여행을 좋아해요.

저는 여행 가서
푹 쉬고 싶어요.

저는 산이 있는
곳을 좋아해요.

저는 큰 백화점이
있는 곳으로
여행을 가고 싶어요.

시간이 있으면 여기에 꼭 가 보세요
如果你有時間的話，請一定要去這裡

한가하다

조용하다

아름답다

유명하다

 한가하다 悠閒的　　조용하다 安靜的　　아름답다 美麗的　　유명하다 知名的

▶ 고향에서 무슨 음식이 유명해요?
▶ 여러분한테 제일 특별한 물건은 뭐예요?

특별하다

복잡하다

안내

적다

특별하다 特別的　　　**복잡하다** 雜亂的　　　**안내** 解說、導覽　　　**적다** 稀少的

준비 **여러분은 한국에서 여행을 했어요? 어디가 좋았어요?**
你在韓國旅行過嗎？你喜歡哪裡呢？

읽기 1 **제니의 메일입니다. 잘 읽고 맞는 것을 고르세요.**
以下是珍妮的郵件內容。讀完後請選出正確的答案。

62

📧 **받은 메일함**

✉️ 테오 씨, 저 제니예요.　　　　　　　　　　삭제　답장　전달

　테오 씨, 고향에 잘 도착했어요?
　저는 경주를 여행하고 내일 집으로 돌아가려고 해요.
　오늘 아침 일찍 불국사에 갔어요. 조용하고 한가해서
좋았어요. 불국사를 구경하고 경주 시내도 구경했어요.
경주는 정말 아름다운 곳이에요. 테오 씨도 한국에 **돌아오면**
경주에 꼭 **와 보세요**. 방학 잘 보내세요.
　　　　　　　　　　　　　　　　　　　　　- 제니

불국사에서

① 제니는 지금 경주에 있어요.

② 테오는 시간이 있으면 경주에 갈 거예요.

③ 제니는 테오하고 같이 여행을 하고 싶어 해요.

읽기 2 **여행안내 사이트입니다. 잘 읽고 맞는 것을 고르세요.**
以下是旅行介紹網站。讀完後請選出正確的答案。

63

한국에서 유명한 곳! 여기에서 특별한 여행을 해 보세요!

제주도
한라산

제주도에 **가면** 친구들과 한라산에 한번
가 보세요. 한라산은 한국에서 제일 높은
산이에요. 산 위에 올라가서 아름다운 경치를
구경해 보세요.

한라산 漢拏山　　한번 試一次　　올라가다 登上　　강원도 江原道　　경치 風景

부산에 **가면** 해운대에 한번 **가 보세요**. 해운대 바다는 정말 유명해요. 여름 바다도 예쁘지만 겨울 바다도 정말 멋있어요. 생선회도 꼭 **먹어 보세요**.

부산
해운대

강원도
설악산

등산을 **좋아하면** 설악산에 한번 **가 보세요**. 서울에서 고속버스를 **타면** 두 시간쯤 걸려요. 가깝고 좋아요. 케이블카도 탈 수 있어요.

① 한라산 위에 올라가면 아름다운 경치를 볼 수 있어요.

② 해운대에 겨울에 가면 맛있는 생선회를 먹을 수 있어요.

③ 설악산에 케이블카를 타고 올라가면 두 시간쯤 걸려요.

 ☑ **하고 친구하고 이야기해 보세요.**
請勾選後和朋友說說看。

1 누구와 여행을 가고 싶어요?

☐ 　　☐ 　　☐  ?

2 어디로 가고 싶어요?

☐ 　　☐ 　　☐  ?

3 어떻게 가고 싶어요?

☐ 　☐ 　☐ 　☐ ?

문법과
표현　動 形 -(으)면　☞　P.36
　　　動 -아/어 보세요　☞　P.37

생선회 生魚片　　고속버스 高速巴士、客運　　케이블카 纜車

준비 **여러분은 어디로 여행을 가고 싶어요? 메모해 보세요.**
你想去哪裡旅行呢？請筆記下來。

보기		메모
언제 갈 거예요?	여름	
어디로 가려고 해요?	부산 해운대	
뭘 할 거예요?	수영, 시장 구경	
뭘 먹으려고 해요?	생선회	
거기가 어때요?	바다가 아름다워요.	

쓰기 **메모를 보고 여러분의 여행 계획을 보기 와 같이 써 보세요.**
請看上題筆記，仿照例文撰寫你的旅行計畫。

> 보기
>
> 저는 여름에 부산에 갈 겁니다. 먼저 부산 해운대 바다에 가려고 합니다. 거기 바다가 아주 아름답습니다. 저는 수영을 좋아해서 꼭 가고 싶습니다. 저녁에는 유명한 시장에 가서 구경도 하고 맛있는 생선회도 먹을 겁니다.
>
> 다음 날 해운대 바다 근처에서 산책을 하고 싶습니다. 음악을 들으면서 걸을 겁니다. 그리고 멋있는 사진을 많이 찍을 겁니다.

다음 날 隔天

課堂活動
과제

💬 **여러분 고향에서 유명한 곳을 소개해 보세요.**
請介紹你故鄉的知名景點。

1 **친구가 여러분의 고향에 갈 거예요. 여러분의 고향에 대해서 써 보세요.**
朋友將要去你的故鄉。請寫下有關你故鄉的資訊。

고향이 어디예요?	☐		
언제 날씨가 좋아요?	☐ 월부터 월까지		
무슨 음식이 유명해요?	☐	☐	
어디에서 멋있는 사진을 찍을 수 있어요?	☐	☐	
친구하고 뭘 하면 좋아요?	☐	☐	

2 **메모를 보고 여러분의 고향에 대해서 보기 와 같이 써 보세요.**
請看上題筆記，仿照例文寫下有關你故鄉的資訊。

> 보기
>
> **닭갈비를 한번 먹어 보세요!**
>
> 닭갈비는 아주 유명한 음식이에요. 제 고향 춘천에서는 이걸 많이 먹어요.

_____ 에 한번 와 보세요!

① _____ 을/를 한번 먹어 보세요!

② _____ 에서 사진을 한번 찍어 보세요!

③ _____ 을/를 한번 해 보세요!

④ _____ 을/를 한번 _____ !

⑤ _____ !

3 어떤 친구의 고향에 가고 싶어요? 친구의 고향에 대해서 질문해 보세요.
你想去哪位朋友的故鄉呢？請試著詢問問朋友的故鄉。

4 누구의 고향에 가고 싶어요? 가장 가고 싶은 곳에 대해서 이야기해 보세요.
你想去誰的故鄉呢？請說說看你最想去的地方。

• 가고 싶은 곳이 어디예요?

• 무슨 음식이 맛있어요? 유명한 식당이 있어요?

• 제일 먼저 어디에 가면 좋아요?

• 어디에 가면 멋있는 사진을 찍을 수 있어요?

• 부모님하고 같이 가면 뭐를 할 수 있어요?

• _____?

저는 테오 씨의 고향에 가고 싶어요.
테오 씨의 고향은 _____ 이에요/예요.
저는 혼자 하는 여행을 좋아해요.

문화 文化

● **한국에서 특별한 경험을 하고 싶어요?**

여행을 가면 호텔, 게스트 하우스에서 지낼 수 있어요. 그리고 특별한 숙소도 있어요.

1) 한옥 스테이

서울 북촌 한옥 마을, 전주에는 한옥이 많아요.
거기에서 쉬면서 여행할 수 있어요.

2) 템플 스테이

한국의 절에서도 지낼 수 있어요.
사람이 없고 조용해서 좋아요.

→ 여러분 나라에도 특별한 숙소가 있지요? 어떤 숙소가 있어요?

발음
發音

64

받침소리 [ㄱ]이 'ㅎ'과 결합되는 경우에 [ㅋ]으로 발음합니다.
終聲[ㄱ]接上「ㅎ」時，讀為[ㅋ]。

㉠ 가: 언제 서울에 도착해요?　　　　가: 2급 수업이 언제 시작해요?
　　나: 8시에 도착해요.　　　　　　　나: 다음 달에 시작해요.

자기 평가
自我評量

☐ 시간이 있으면 어디로 여행 가고 싶어요?
☐ 날씨가 좋으면 뭘 하고 싶어요?
☐ 친구가 여러분 고향에 가요. 뭘 하면 좋아요?

서울대
한국어+

1B

부록 附錄

9. 병원

  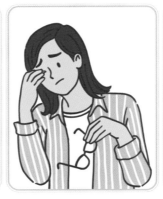 

뉴스 제목: ⟨ ⟩

안녕하세요? 저는 ＿＿＿ 기자입니다.
이름이 무엇입니까?

네. 인터뷰 감사합니다.

뉴스 제목: ⟨ ⟩

안녕하세요? 저는 ＿＿＿ 기자입니다.
이름이 무엇입니까?

네. 인터뷰 감사합니다.

11. 교통

	1) 언제?	2) 어디로?	3) 누구하고?	4) 어떻게?
⚀	지난주 토요일	경주	친구	🚢
⚁	겨울	부산	혼자	🚴
⚂	5월	제주도	부모님	✈
⚃	크리스마스	수원	가수 ___ 씨	🚶
⚄	방학	춘천	강아지	🚆
⚅	제 생일	전주	곰 인형	🚐

12. 전화

친구 1
오늘 같이 농구를 못 합니다.
다리가 아프고 피곤합니다.

친구 2
친구가 같이 농구를 못 합니다.
"왜 못 해요?" 물어보세요.
그리고 친구 1을 도와주세요.

친구 1
오늘 나나 씨의 생일 파티를 합니다.
친구를 파티에 초대하세요.

친구 2
나나 씨 생일 파티에 가고 싶지만
아르바이트를 해야 됩니다.
그래서 파티에 못 갑니다.

친구 1
오늘 배가 아파서 학교에 못 갔어요.
그래서 숙제를 몰라요.
숙제를 물어보세요.

친구 2
친구가 학교에 안 왔어요.
걱정했어요.
숙제를 말하세요.

학생 1
고향에서 친구가 한국에 와요.
공항에 가야 돼요.
그래서 학교에 못 가요.

선생님
학생 1이 학교에 안 와요.
"왜 안 와요?" 물어보세요.
오늘 12과를 공부할 거예요.
숙제가 있어요. 숙제를 말하세요.

김 선생님
오늘 엥흐 씨가 학교에 안 왔습니다.
그런데 엥흐 씨의 전화번호를 모릅니다.
전화번호를 물어보세요.

학생 2
엥흐 씨의 전화번호를 이야기하세요.
전화번호: 010-0880-5488

손님
주말에 친구들하고 파티를 합니다.
식당에 "방이 있어요?" 물어보세요.

식당 직원
식당에 방이 하나 있습니다.
"몇 시부터? 몇 명?" 물어보세요.

카드를 보지 마세요! 뒤집어서 하나만 고르세요.
請別看卡片！翻開卡片，並選擇其中一張。

피자 파티	영화 파티	K-pop 파티	등산 파티	한국 음식 파티
첫눈 오는 날	이번 주 토요일 오후 7시	내일 아침 7시	1급 끝나는 날	이번 주 일요일 오후 1시
관악산 위에서	한강공원에서	교실에서	우리 반에서 제일 키가 큰 친구의 집에서	온라인에서
다른 약속이 없는 사람	남자/여자 친구가 없는 사람	춤을 출 수 있는 사람	배고픈 사람	영화를 좋아하는 사람
예쁜 한복	잠옷	편한 옷과 신발	얇은 옷	요즘 한국 사람들이 많이 입는 옷

말하기 會話

9. 병원 醫院

① 가: 艾瑞克，你的腿受傷了嗎？
　나: 是的，我的腿有點痛。
　가: 去醫院了嗎？
　나: 沒有，我今天要去。

② 가: 阿海，今天下課後要不要一起寫作業？
　나: 抱歉，今天我想在家裡休息。我肚子痛。
　가: 什麼時候開始痛的？
　나: 從今天早上開始。

③ 珍妮：　丹尼爾，今天為什麼沒來學校呢？
　丹尼爾：因為從昨天晚上開始肚子非常痛，所以沒辦法去學校。
　珍妮：　去醫院了嗎？
　丹尼爾：沒有，我想快點去醫院，但是一個人去不了。
　珍妮：　那要不要我陪你去？
　丹尼爾：好，非常感謝。

10. 한국 생활 韓國生活

① 가: 大家好。我是艾瑞克，我是法國人。我現在就讀研究所。很高興認識你們。

② 가: 您好，我是游泳選手鄭海媛。
　나: 您一天通常練習游泳幾個小時呢？
　가: 每天八個小時左右。
　나: 週末也去游泳池嗎？
　가: 是的，我每天練習。

③ 迪歐：大家好，我是迪歐，我是巴西人。因為我的女朋友是韓國人，所以我學習韓語。我的韓語還不太好，但是學習韓語很有趣。韓語課結束後，我會和朋友在學生餐廳吃飯。然後我也會去公園散步。我真的很喜歡韓國的生活。

11. 교통 交通

① 가: 這台公車去江南站嗎？
　나: 不，不去江南站。請在那邊搭公車。
　가: 好，謝謝你。

② 가: 你放假要去哪裡呢？
　나: 我打算去慶州。
　가: 你要搭火車去嗎？
　나: 是的，所以打算下午來預訂火車票。

③ 迪歐：你這次放假要做什麼呢？
　珍妮：我要和朋友一起去汝矣島。我們打算在汝矣島逛逛慶典。
　迪歐：哇，我也想去。
　珍妮：是嗎？那我們一起去吧？
　迪歐：嗯，好啊。汝矣島要怎麼去啊？
　珍妮：在首爾站搭503號公車。那台公車去汝矣島。

12. 전화 電話

① 가: 喂？是丹尼爾嗎？我是娜娜。你最近過得還好嗎？
　나: 啊，是娜娜，好久不見耶。我過得很好。
　가: 最近也很忙吧？
　나: 是的，有點忙。

② 가: 迪歐，你星期幾學料理呢？
　나: 我星期五學料理。
　가: 料理課怎麼樣？
　나: 雖然有點累，但是很有趣。

③ 阿海：喂？安娜，現在方便通話嗎？
　安娜：嗯，可以。有什麼事嗎？
　阿海：安娜，你的畫展到這星期日對吧？
　安娜：是的，到這星期日。為什麼這麼問呢？
　阿海：公司事情好多喔。我真的很想去畫展，可是去不了。不好意思。
　安娜：是嗎？沒關係。我會拍很多展覽的照片的。你之後再看吧。

13. 옷과 외모 衣服和外表

① 가: 艾瑞克，這是你的包包嗎？很好看耶。
　나: 嗯，很好看吧？我趁特賣的時候買的。
　가: 你在哪裡買的呢？
　나: 我在明洞買的。

② 가: 安娜，你的衣服真漂亮耶。
　나: 謝謝。我昨天在江南站買的。
　가: 是嗎？江南站有服飾店嗎？
　나: 嗯，有的。那裡有很多便宜又漂亮的衣服。

③ 珍妮：今天迪歐的女朋友也來派對了呢。
　尼坤：你知道迪歐的女朋友呀？
　珍妮：嗯，看過手機照片。迪歐給我看的。
　尼坤：是嗎？他的女朋友是哪位？
　珍妮：那位長頭髮、高高的女生。
　尼坤：她戴帽子嗎？
　珍妮：不是，她沒戴帽子。她現在在迪歐旁邊。

14. 초대와 약속 邀請和約定

❶
가: 迪歐，你下課後有時間嗎？
나: 嗯，有的。有什麼事嗎？
가: 你可以陪我一起去梨泰院嗎？朋友邀請我去派對。所以我打算去買些衣服。
나: 好啊，一起去吧。

❷
가: 我打算在星期五開生日派對。阿雅娜也可以來嗎？
나: 嗯，我可以去。我該去哪裡呢？
가: 請你六點前到第一餐廳來。
나: 好的，星期五見。

❸
艾瑞克：娜娜，你這週六要做什麼呢？
娜娜：　目前還沒有約。怎麼了嗎？
艾瑞克：來我家看足球吧。這次韓國隊對上澳洲隊。阿雅娜和克里斯也都會來。
娜娜：　是嗎？我也要一起看。幾點前要到呢？
艾瑞克：五點前可以到我家嗎？
娜娜：　嗯，可以。
艾瑞克：好的，那麼星期六見。

15. 가족 家人

❶
가: 迪歐，這位是誰啊？
나: 是我爸爸。
가: 爸爸喜歡爬山嗎？
나: 是的，我爸經常去山上。

❷
가: 尼坤，你現在在做什麼呢？
나: 我正在寫電子郵件給奶奶。
가: 是嗎？奶奶擅長用電腦嗎？
나: 是的，她很擅長。

❸
宥真：尼坤，你家裡有幾個人呢？
尼坤：四個人。有爸爸、媽媽和妹妹。宥真也有弟弟或妹妹嗎？
宥真：嗯，有一個弟弟。我的家人都住在故鄉。
尼坤：是嗎？宥真的故鄉在哪裡呢？
宥真：在江陵。因為離首爾很遠，所以我沒辦法經常回去。
尼坤：那你經常打電話給父母嗎？
宥真：嗯，我每天和父母視訊。我媽很想念我。

16. 여행 旅行

❶
가: 您需要什麼幫助嗎？
나: 請幫我打掃房間一下。我大概三點回來。
가: 好的，我知道了。您的房號是？
나: 704號。

❷
가: 這間飯店真的又大又乾淨耶。窗外的大海真的很漂亮。
나: 很棒吧？一樓有大游泳池喔。
가: 我們現在去游泳池游泳吧？
나: 嗯，好啊。

❸
迪歐：　阿雅娜，你順利抵達濟州島了嗎？
阿雅娜：是的，順利抵達。剛從飯店出來，正在偶來小路上散步。
迪歐：　偶來小路很棒吧？我去年也去了。但是那次要走很久，有點累。
阿雅娜：沒錯。雖然累，但是大海漂亮，天氣也很晴朗，所以心情很好呢。
迪歐：　請多拍一些照片，之後也給我看看喔。
阿雅娜：好的，迪歐，也祝你度過愉快的假期。
迪歐：　祝你旅途愉快。

문화 文化

9. 병원 醫院

在藥局買藥。

從醫院拿到處方箋後，在藥局買藥。
即使沒有處方箋，也可以在藥局或便利商店買到一些藥。

10. 한국 생활 韓國生活

你知道韓國大學的校慶嗎？

韓國大學校慶通常在春天和秋天舉行。春天和秋天的天氣很好。
校慶上有很多食物，也有很多表演。校慶非常有趣。

11. 교통 交通

你在哪裡等公車呢？

韓國有「智慧型公車站」。
乘客可以在等公車的時候確認公車到站時間。
公車站內有免費的WiFi和手機充電器。
在冬暖夏涼的智慧型公車站裡，舒適地等候公車吧。

12. 전화 電話

以下是能提供幫助的電話號碼。

1) 身體不舒服必須去醫院。請先撥1339。
2) 想在韓國旅行？請撥120。

13. 옷과 외모 衣服和外表

你在哪裡購物呢？

韓國人通常在百貨公司和市場購物。
也經常去離地鐵站較近的地下商場。那裡衣服便宜又好。
可以一次滿足購物、餐飲和遊戲的Outlet和綜合購物中心，最近也
大受歡迎。

14. 초대와 약속 邀請和約定

韓國朋友邀請我去他家。

請想想看朋友喜歡的禮物，
並且準備小禮物。

不要穿鞋子進家裡。
韓國人在家裡不穿鞋子。

朋友搬家後，邀請你去新家嗎？
請送他們洗衣粉和衛生紙。朋友會變有錢的。

在你的國家送什麼樣的喬遷禮呢？
不送什麼樣的禮物呢？

15. 가족 家人

韓國人用雙手拿東西給長輩。

我交作業給老師。
老師給我一本書。
朋友給我橡皮擦。
我給朋友橡皮擦。

16. 여행 旅行

你想在韓國留下特別的經驗嗎？

去旅行的時候，你可以住在飯店或青年旅館。也有一些特別的住
宿。

1) 韓屋住宿（Hanok Stay）
   首爾北村韓屋村和全州有很多韓屋。旅行期間你可以住在那裡。

2) 寺院寄宿（Temple Stay）
   你也可以住在韓國的寺院。人不多，又安靜，非常好。

在你的國家也有特別的住宿吧？有哪些住宿呢？

9. 병원 醫院

❶ 1) 남: 어떻게 오셨어요?
여: 머리가 아프고 귀도 좀 아파요.

2) 여: 지금도 팔이 아파요?
남: 아니요. 괜찮아요. 지금은 안 아파요.
여: 다리는 어때요?
남: 다리는 아직 많이 아파요. 그래서 오늘 농구를 못 해요.

3) 남: 어떻게 오셨어요?
여: 배가 많이 아파요.
남: 언제부터 아팠어요?
여: 어젯밤부터요.

4) 여: 너무 피곤해요.
남: 요즘도 바빠요?
여: 네. 계속 컴퓨터를 해요. 그래서 눈이 좀 아파요.

❷ 여: 요즘 시험도 많고 학교 공부도 좀 어려워요. 그래서 머리가 자주 아파요.
남: 그래요? 약은 먹었어요?
여: 네. 약도 먹고 병원에도 갔어요.
남: 지금은 어때요?
여: 조금 괜찮아요. 약 먹고 계속 집에만 있었어요.
남: 시험은 다 끝났어요?
여: 네. 어제 끝났어요.
남: 그럼 주말에 저하고 같이 산에 갈까요? 등산도 하고 산도 구경해요.
여: 고마워요. 하지만 이번 주에는 집에서 쉬고 싶어요. 다음 주는 어때요?
남: 네. 좋아요. 다음 주 토요일에 같이 가요.

10. 한국 생활 韓國生活

❶ 여: 안녕하세요? 저는 마리입니다. 일본 사람입니다.
남: 안녕하세요? 마리 씨는 회사에 다닙니까?
여: 아니요. 저는 학생입니다. 서울대학교에서 한국어를 배웁니다.
남: 그래요? 한국어를 잘합니까?
여: 지금 1급입니다. 아직 한국어를 잘 못합니다.

❷ 여1: 내일부터 대학생들의 여름 방학입니다. 한국 대학생들은 방학에 아르바이트를 많이 합니다. SNU 뉴스에서 대학생들의 아르바이트 계획을 인터뷰했습니다.
남1: 저는 집 근처 카페에서 아르바이트하고 싶습니다. 커피도 만들고 손님하고 이야기도 하고 싶습니다.
여2: 저는 대학교에서 영화를 공부합니다. 영화를 아주 좋아하고 자주 봅니다. 그래서 저는 영화관에서 아르바이트하고 싶습니다.

11. 교통 交通

❶ 여: 에릭 씨, 집이 어디예요?
남: 저는 서울대학교 기숙사에 살아요.
여: 그래요? 그럼 걸어왔어요?
남: 아니요. 기숙사 앞에서 버스를 타고 왔어요.
여: 버스가 있어요?
남: 네. 학교 버스가 있어요.

❷ 남: 제니 씨, 오늘 저녁에 뭐 해요?
여1: 집에서 쉬려고 해요. 닛쿤 씨는요?
남: 저도 밥 먹고 쉴 거예요.
여2: 이번 역은 사당, 사당입니다. 내리실 문은 오른쪽입니다.
여1: 아, 사당역이에요.
남: 제니 씨, 여기에서 내려요?
여1: 네. 여기에서 4호선으로 갈아탈 거예요.
남: 그럼 내일 학교에서 만나요.
여1: 내일 봐요.

12. 전화 電話

❶ 1) 남: 나나 씨, 사무실 전화번호 알지요?
여: 네. 알아요. 2404-1453이에요.
남: 2404-1453 맞아요?
여: 네. 맞아요.
남: 고마워요.

2) 여: 여보세요? 거기 서울식당이지요?
남: 아니에요. 여기는 노래방이에요.
여: 6778-5432 아니에요?
남: 아니에요. 여기는 6778-5431이에요.
여: 죄송합니다.

❷ 여: 여보세요? 에릭 씨 휴대폰이지요?
남: 네. 실례지만 누구세요?
여: 에릭 씨, 저 나나예요.
남: 어, 나나 씨?
여: 이 휴대폰은 제 친구 전화예요. 제 휴대폰 배터리가 없어요.
남: 아, 네. 무슨 일이에요?
여: 아침에 제가 메시지를 보냈어요. 받았어요?
남: 그래요? 아직 못 봤어요.
여: 오늘 저녁에 우리 반 친구들하고 같이 불고기를 먹으려고 해요. 에릭 씨도 불고기를 좋아하지요? 우리 같이 가요.
남: 음, 가고 싶지만 오늘은 약속이 있어요. 그래서 못 가요.
여: 그래요? 그럼 다음에 꼭 같이 가요. 내일 학교에서 만나요.

13. 옷과 외모 衣服和外表

① 여: 와, 이거 민우 씨 사진이에요?

남: 네. 제 사진이에요. 친구하고 강아지하고 같이 찍었어요.

여: 우아, 정말 귀여워요. 민우 씨 머리가 아주 길었네요.

남: 네. 지금은 좀 짧지만 전에는 길었어요.

여: 친구도 정말 귀엽고 예쁘네요. 그런데 강아지 이름은 뭐예요?

남: 김치예요.

여: 네? 김치요? 하하, 정말 재미있네요.

② 남: 이 사진은 우리 반 친구들 사진입니다. 지난주에 언어교육원 앞에서 찍었습니다. 키가 큰 사람은 에릭 씨입니다. 에릭 씨는 안경을 썼습니다. 에릭 씨 옆에는 안나 씨가 있습니다. 안나 씨는 매운 음식을 좋아합니다. 우리는 어제도 매운 떡볶이를 먹으러 갔습니다. 테오 씨는 항상 모자를 씁니다. 아주 재미있는 친구입니다. 머리가 짧은 여자는 마리 씨입니다. 우리를 많이 도와줍니다. 정말 친절한 사람입니다. 한국에서 좋은 친구들을 많이 만나서 정말 좋습니다.

14. 초대와 약속 邀請和約定

① 여: 여보세요? 에릭 씨, 저 나나예요.

남: 아, 나나 씨.

여: 이번 주 토요일에 시간이 있어요?

남: 저녁에는 괜찮아요. 왜요?

여: 제가 이사를 해서 친구들을 집에 초대하려고 해요. 에릭 씨도 우리 집에 놀러 오세요.

남: 아, 좋아요. 몇 시까지 가야 돼요?

여: 6시까지 올 수 있어요?

남: 음, 그런데 토요일에 약속이 있어서 30분쯤 늦을 거예요. 괜찮아요?

여: 네. 천천히 오세요.

② 남: 여러분 안녕하세요? '관악산의 아침'입니다. 오늘도 여러분의 메시지가 많이 왔네요. 서울에 사는 나나 씨의 메시지입니다.

제 한국 친구 유라 씨가 다음 주 토요일에 결혼을 할 거예요. 친구가 저를 결혼식에 초대했어요. 친구가 좋은 사람을 만나서 저는 정말 기뻐요. 그래서 노래 선물을 하고 싶어요.

네. 나나 씨의 문자 메시지 감사합니다. 나나 씨는 정말 좋은 친구네요.

유라 씨, 결혼을 축하합니다. 이 노래를 같이 들을까요?

15. 가족 家人

① 남: 제니 씨는 가족이 몇 명이에요?

여: 부모님하고 오빠하고 저, 이렇게 네 명이에요. 테오 씨는요?

남: 할머니하고 부모님, 그리고 동생이 있어요. 동생은 학생이에요.

여: 그래요? 가족이 많이 보고 싶지요?

남: 네. 특히 할머니가 많이 보고 싶어요. 요즘 할머니 건강이 좀 안 좋으세요. 그래서 할머니께 자주 전화해요.

② 남1: 오늘은 서울에 살고 있는 외국인 분들의 가족 이야기를 하려고 합니다. 그럼 먼저 안나 이바노프 씨입니다.

여: 안녕하세요? 저는 서울에 사는 안나입니다. 제 가족은 모두 러시아에 있습니다. 하지만 한국에도 가족이 있습니다. 바로 우리 레오입니다. 레오는 제 고양이입니다. 레오가 있어서 저는 항상 웃을 수 있습니다.

남1: 네. 요즘 고양이하고 함께 사는 분들이 많습니다. 자, 이제 엥흐 씨하고 이야기할까요? 엥흐 씨, 안녕하세요?

남2: 제 가족들도 모두 고향에 있고 저만 한국에 있어요. 저는 지금 룸메이트하고 같이 살고 있어요. 우리는 서울에 와서 처음 만났어요. 처음에는 말도 잘 안 했지만 지금은 진짜 친해요. 룸메이트하고 이야기도 많이 하고 같이 구경도 하러 다녀요. 제 룸메이트는 저한테 가족이에요.

남1: 네. 이야기 감사합니다. 저희가 두 분의 한국 생활 이야기 비디오를 준비했습니다. 영상을 같이 보고 이야기할까요?

16. 여행 旅行

① 남: 아야나 씨, 지금 뭐 해요?

여: 호텔을 알아보고 있어요. 부모님이 한국에 오셔서 같이 제주도에 가려고 해요.

남: 아, 저도 지난 방학에 가족들하고 제주도 여행을 했어요.

여: 그래요? 무슨 호텔에 갔어요?

남: 저는 한라호텔에 갔어요. 공항에서 가깝고 방도 커서 좋았어요.

여: 그래요? 사진이 있어요? 좀 보여 주세요.

남: 잠깐만요. 아, 여기 있네요. 방에서 보이는 바다가 정말 예뻤어요.

여: 와, 정말 좋네요. 고마워요.

② 여: 저는 언니하고 같이 여행을 갈 거예요. 우리는 시내 구경도 하고 백화점에서 쇼핑도 하려고 해요. 사람이 많은 곳을 좋아해서 시내 구경이 재미있어요. 길에서 맛있는 음식을 사서 먹을 거예요. 빨리 가서 예쁜 사진을 많이 찍고 싶어요.

남: 제 고향에는 바다가 없어요. 그래서 이번 휴가에는 부산으로 여행을 가고 싶어요. 맛있는 생선회를 먹고 바다를 구경하고 싶어요. 저는 사람이 많은 곳을 안 좋아해요. 그래서 늦게 일어나서 방에서 혼자 푹 쉬려고 해요. 빨리 가고 싶어요.

9. 병원 醫院

듣기 1　1) ③　2) ②　3) ①　4) ④

듣기 2　1 ①

2 ③

읽기 1　1) ×　　2) ○

읽기 2　1 ②, ③

2 ③

10. 한국 생활 韓國生活

듣기 1　1) 일본　　2) 학생　　3) 잘 못합니다

듣기 2　1)

① "아르바이트 계획을 인터뷰했습니다."

2)

② "저는 영화관에서 일하고 싶습니다."

3)

③ "저는 카페에서 아르바이트하고 싶습니다."

읽기 1　1) ○　2) ×

읽기 2　1 ②

2

한국 생활	한국어 공부	1) 월요일부터 금요일까지 한국어를 배웁니다.
	지난주 주말	2) 삼계탕을 먹었습니다.
		3) 한강공원에서 자전거를 탔습니다.
	계획	한국 친구를 4) 더 많이 사귈 겁니다.
		한국어 공부를 5) 열심히 할 겁니다.

11. 교통 交通

듣기 1　②

듣기 2　1) ○　2) ×

읽기 1　1) ×　　2) ○

읽기 2　1

| 섬진강 기차마을에 어떻게 가요? | 1) KTX를 타고 가요. 서울역에서 기차마을까지 2) 세 시간쯤 걸려요. |
| 다니엘 씨는 기차마을에서 뭘 하려고 해요? | 3) 기차를 구경하고 4) 옛날 기차를 탈 거예요. 5) 사진도 많이 찍을 거예요. |

2 ②

12. 전화 電話

듣기 1

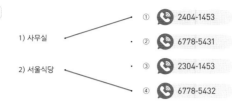

1) 사무실

2) 서울식당

① 2404-1453
② 6778-5431
③ 2304-1453
④ 6778-5432

듣기 2　③

읽기 1　1) ○　2) ×

읽기 2　①

13. 옷과 외모 衣服和外表

듣기 1　1) ○　2) ×

듣기 2　1

테오
안나
에릭
마리

2 ①

읽기 1　1) ×　　2) ○

읽기 2　③

14. 초대와 약속 邀請和約定

듣기 1　1) ○　2) ×

듣기 2　③

읽기 1　1) ×　　2) ×

읽기 2　1

(1)　　(4)　　(3)　　(2)

2 ③

15. 가족 家人

듣기 1　③

듣기 2　1 1) ×　　2) ○

2 ②

읽기 1   ③

읽기 2   **1** ①

      2 아버지는 <u>기자</u>셨어요.
        어머니는 <u>수학 선생님</u>이셨어요.

16. 여행 旅行

듣기 1   ③, ④, ⑤

듣기 2

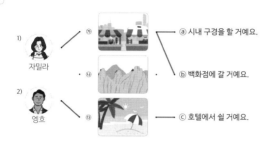

읽기 1   ①

읽기 2   ①

집필진 編寫團隊

장소원 張素媛	서울대학교 국어국문학과 교수 首爾大學韓國語文學系教授
	파리 5대학교 언어학 박사 巴黎第五大學語言學博士
김수영 金秀映	서울대학교 언어교육원 대우교수 首爾大學語言教育院待遇教授
	한국외국어대학교 프랑스어학 박사 韓國外國語大學法語語學博士
김미숙 金美淑	서울대학교 언어교육원 대우전임강사 首爾大學語言教育院待遇專任講師
	이화여자대학교 한국학 박사(한국어교육) 梨花女子大學韓國學博士（韓國語教育）
백승주 白昇周	서울대학교 언어교육원 대우전임강사 首爾大學語言教育院待遇專任講師
	이화여자대학교 한국학 박사(한국어교육) 梨花女子大學韓國學博士（韓國語教育）

번역 翻譯

이수잔소명 Lee Susan Somyoung	통번역가 口筆譯者
	서울대학교 한국어교육학 석사 首爾大學韓國語教育學碩士

번역 감수 翻譯審定

손성옥 Sohn Sung-Ock	UCLA 아시아언어문화학과 교수 UCLA 亞洲語言文化學系教授

감수 內部審定

김은애 金恩愛	전 서울대학교 언어교육원 대우교수 前首爾大學語言教育院待遇教授

자문 外部審定

한재영 韓在永	한신대학교 명예교수 韓神大學名譽教授
최은규 崔銀圭	전 서울대학교 언어교육원 대우교수 前首爾大學語言教育院待遇教授

도와주신 분들 其他協助者

디자인 設計	(주)이츠북스 ITSBOOKS
삽화 插圖	(주)예성크리에이티브 YESUNG Creative
녹음 錄音	미디어리더 Media Leader

首爾大學韓國語 +.1B / 首爾大學語言教育院著；林侑毅
翻譯 . -- 初版 . -- 臺北市：日月文化出版股份有限公司，
2024.12
168 面；21X28 公分 . -- (EZ Korea 教材；26)
ISBN 978-626-7516-51-5（平裝）
1.CST: 韓語 2.CST: 讀本
803.28   113014737

EZKorea 教材 26

首爾大學韓國語 +1B

作　　者：首爾大學語言教育院
翻　　譯：林侑毅
編　　輯：葉羿妤
校　　對：何羽涵、陳金巧
封面製作：初雨有限公司（ivy_design）
內頁排版：唯翔工作室
部分圖片：shutterstock、gettyimagesKorea
行銷企劃：張爾芸

發 行 人：洪祺祥
副總經理：洪偉傑
副總編輯：曹仲堯
法律顧問：建大法律事務所
財務顧問：高威會計師事務所

出　　版：日月文化出版股份有限公司
製　　作：EZ 叢書館
地　　址：臺北市信義路三段 151 號 8 樓
電　　話：(02) 2708-5509
傳　　真：(02) 2708-6157
客服信箱：service@heliopolis.com.tw
網　　址：http://www.heliopolis.com.tw/
郵撥帳號：19716071 日月文化出版股份有限公司

總 經 銷：聯合發行股份有限公司
電　　話：(02) 2917-8022
傳　　真：(02) 2915-7212
印　　刷：中原造像股份有限公司
初　　版：2024 年 12 月
定　　價：450 元
I S B N：978-626-7516-51-5

首爾大學 韓國語 +

文法與表現

Student's Book

1B

서울대학교출판문화원

서울대 한국어⁺ **Student's Book**

문법과 표현

서울대학교출판문화원

❶ '—' 탈락

▶ '아프다, 바쁘다, 예쁘다, 쓰다'와 같이 모음 '—'로 끝나는 형용사와 동사는 '-아요/어요', '-았어요/었어요'와 같이 '-아/어-'로 시작하는 말과 결합할 때 '—'가 탈락됩니다.

當「아프다、바쁘다、예쁘다、쓰다」這類以母音「—」結尾的形容詞或動詞，接上「-아요/어요」「-았어요/었어요」這類以「-아/어-」開頭的文法時，「—」會自動脫落。

	-고	-아요/어요	-았어요/었어요
바쁘다	바쁘고	**바빠요**	**바빴어요**
예쁘다	예쁘고	**예뻐요**	**예뻤어요**
쓰다	쓰고	**써요**	**썼어요**

예 머리가 너무 **아파요**.

가방이 **예뻐요**.

가: **배고파요**. 밥을 먹을까요?

나: 네. 좋아요.

가: 어제 뭐 했어요?

나: 편지를 **썼어요**.

❷ 動 -고 싶다

머리가 많이 아파요?

네. 집에서 좀 쉬고 싶어요.

▶ 동사 어간 뒤에 붙어 어떤 행동을 하기 원함을 나타냅니다.
接在動詞詞幹後面，表示想做某種行動的渴望。

| 받침 ○ + -고 싶다 | 읽다 | **읽고 싶다** |
| 받침 × + -고 싶다 | 사다 | **사고 싶다** |

예 영화를 **보고 싶어요.**

친구들하고 사진을 **찍고 싶어요.**

가: 뭘 **마시고 싶어요?**
나: 주스를 **마시고 싶어요.**

▶ 과거의 희망을 나타날 때는 '-고 싶었어요'로 말합니다.
表達過去的希望時，使用「-고 싶었어요」。

예 지난주에 캠핑을 **하고 싶었어요.**

TIPS

다른 사람의 희망을 말할 때는 '-고 싶어 하다'로 말합니다.
陳述其他人的希望時，使用「-고 싶어 하다」。

예 나나 씨는 명동에서 구경하고 싶어 해요.
에릭 씨는 주말에 등산하고 싶어 해요.
다니엘 씨는 비빔밥을 먹고 싶어 했어요.

❸ 動-(으)세요

이 약을 먹고 푹 쉬세요.

네. 선생님.

▶ 동사 어간 뒤에 붙여 다른 사람에게 무엇을 요청하거나 제안할 때 사용합니다.
接在動詞詞幹後面，用於向他人要求或提議某些事情時。

| 받침 ○ + -으세요 | 씻다 | **씻으세요** |
| 받침 × + -세요 | 오다 | **오세요** |

> **예** 숙제를 내일까지 **하세요**.
> 여기 **앉으세요**.
>
> 가: 머리가 많이 아파요.
> 나: 그럼 집에서 **쉬세요**.

▶ '먹다, 마시다'는 '먹으세요, 마시세요'보다 '드세요'로 말하는 것이 좋습니다.
如果是「먹다、마시다」的情況，最好使用「드세요」，而非「먹으세요、마시세요」。

> **예** 이 약을 먹으세요. (△)
> 이 약을 드세요. (○)

❹ 動-지 마세요

선생님, 목이 많이 아파요.
콧물도 나오고 열도 나요.

감기예요.
이 약을 드시고 푹 쉬세요.
아이스크림을 먹지 마세요.

▶ 동사 어간에 결합하여 어떤 행동을 금지할 때 사용합니다.
接在動詞詞幹後面，用於禁止某些行為時。

| 받침 ○ + -지 마세요 | 먹다 | **먹지 마세요** |
| 받침 × + -지 마세요 | 가다 | **가지 마세요** |

예 책상 위에 **앉지 마세요**.

여기에서 담배를 **피우지 마세요**.

가: 이 영화 재미있어요?

나: 아니요. 재미없어요. **보지 마세요**.

單元10

❶ 名입니다, 名입니까?

어느 나라 사람입니까?

한국 사람입니다.

▶ 발표, 뉴스, 인터뷰와 같이 격식적인 상황에서 명사 뒤에 붙여 사용합니다.
接在名詞後面，用於發表、新聞、採訪等正式的場合時。

> 예 저는 **학생입니다**.
> 제 고향은 **도쿄입니다**.
>
> 가: 직업이 **무엇입니까**?
> 나: 저는 **신문 기자입니다**.

▶ 질문할 때에는 '입니까?', 대답할 때에는 '입니다'라고 합니다.
提問時使用「입니까?」，回答時使用「입니다」。

TIPS

부정형은 '이/가 아닙니다'라고 합니다.
否定型為「이/가 아닙니다」。
예 나나 씨는 한국 사람이 아닙니다.
저는 가수가 아닙니다.

❷ 動形-ㅂ/습니다, 動形-ㅂ/습니까?

질문이 있습니까?

아니요. 없습니다.

▶ 발표, 뉴스, 인터뷰와 같이 격식적인 상황에서 동사, 형용사 어간에 결합하여 사용합니다.
接在動詞、形容詞詞幹後面，用於發表、新聞、採訪等正式的場合時。

| 받침 ○ + -습니다 | 먹다 | **먹습니다** |
| 받침 × + -ㅂ니다 | 가다 | **갑니다** |

| 받침 ○ + -습니까? | 먹다 | **먹습니까?** |
| 받침 × + -ㅂ니까? | 가다 | **갑니까?** |

예 저는 서울대학교에서 한국어를 **배웁니다.**

무슨 음식이 건강에 **좋습니까?**

가: 오늘 고향에도 눈이 **옵니까?**

나: 아니요. 눈이 안 **옵니다.** 날씨가 따뜻하고 **맑습니다.**

❸ 動形-았습니다/었습니다, 動形-았습니까/었습니까?

언제 한국에 왔습니까?

작년 10월에 왔습니다.

▶ 격식적인 상황에서 동사, 형용사 어간과 결합하여 과거에 대하여 말할 때 사용합니다.
接在動詞、形容詞詞幹後面，用於在正式的場合陳述過去的事實時。

ㅏ, ㅗ ➡ -았습니다	알다	**알았습니다**	**알았습니까?**
	좋다	**좋았습니다**	**좋았습니까?**
그 외 모음 ➡ -었습니다	먹다	**먹었습니다**	**먹었습니까?**
	맛있다	**맛있었습니다**	**맛있었습니까?**
하다 ➡ 했습니다	공부하다	**공부했습니다**	**공부했습니까?**
	따뜻하다	**따뜻했습니다**	**따뜻했습니까?**

> 예　어제 숙제하고 텔레비전을 **봤습니다.**
> 점심에 어디에서 삼계탕을 **먹었습니까?**
>
> 가: 어제도 공원에서 **운동했습니까?**
> 나: 아니요. 어제는 집에서 **쉬었습니다.**

▶ 명사의 과거는 받침이 있는 경우 '이었습니다', 받침이 없는 경우 '였습니다'를 사용합니다.
如果是名詞的過去式，有終聲時使用「이었습니다」，沒有終聲時使用「였습니다」。

> 예　저는 지금 학생입니다. 작년에는 **회사원이었습니다.**
> 이 사람은 **가수였습니다.** 지금은 요리사입니다.

❹ 動-(으)ㄹ 겁니다, 動-(으)ㄹ 겁니까?

언제 고향에 갈 겁니까?

내년 2월에 갈 겁니다.

▶ 격식적인 상황에서 동사 어간과 결합하여 미래에 대하여 말할 때 사용합니다.
接在動詞詞幹後面，用於在正式的場合說明未來的計畫時。

받침 ○ + -을 겁니다	먹다	**먹을 겁니다**
받침 × + -ㄹ 겁니다	가다	**갈 겁니다**

받침 ○ + -을 겁니까?	먹다	**먹을 겁니까?**
받침 × + -ㄹ 겁니까?	가다	**갈 겁니까?**

예 내년부터 한국 회사에 **다닐 겁니다.**

언제 메일을 **보낼 겁니까?**

가: 내년에도 한국에서 **공부할 겁니까?**

나: 네. 계속 한국에 **있을 겁니다.**

▶ '-(으)ㄹ 겁니다'의 '겁니다'는 [껌니다] 로 발음합니다.
「-(으)ㄹ 겁니다」的「겁니다」讀為[껌니다]。

예 가: 다음 주에 뭐 할 **겁니까?**
　　　　　　　　　[껌니까]

나: 자전거를 탈 **겁니다.**
　　　　　　[껌니다]

❶ 名(으)로

주말에 뭐 할 거예요?

제주도로 여행 갈 거예요.

▶ **명사 뒤에 붙어 방향과 경로를 나타냅니다.**
接在名詞後面，表示方向和路徑。

받침 ○ + 으로	도서관	**도서관으로**
받침 × + 로	학교	**학교로**

예 **여기로** 오세요.

이 버스는 **강남역으로** 안 가요.

가: 닛쿤 씨, 어디에서 밥을 먹을까요?

나: 저 **식당으로** 가요. 저 식당 음식이 맛있어요.

TIPS

'ㄹ' 받침의 명사는 '로'를 붙입니다.
帶有「ㄹ」終聲的名詞，後面接上「로」。

예 독일으로 여행을 가요. (×) ➡ 독일로 여행을 가요. (○)

❷ 動-(으)려고 하다

부산에 어떻게 가려고 해요?

기차를 타고 가려고 해요.

▶ 동사 어간 뒤에 붙어서 어떤 행동을 할 의도가 있음을 나타냅니다.
接在動詞詞幹後面，表示有意進行某個行為。

| 받침 ○ + -으려고 하다 | 먹다 | **먹으려고 하다** |
| 받침 × + -려고 하다 | 가다 | **가려고 하다** |

예 주말에 집에서 책을 **읽으려고 해요**.

내일부터 아침에 일찍 **일어나려고 해요**.

가: 수업이 끝나고 뭐 할 거예요?

나: 자전거를 **타려고 해요**.

▶ 과거에 의도한 일을 말할 때는 '-(으)려고 했어요'라고 합니다.
表示過去有意進行的事情時，使用「-(으)려고 했어요」。

예 어제 공부를 많이 **하려고 했어요**. 하지만 못 했어요.

아침에 밥을 **먹으려고 했어요**. 하지만 못 먹었어요.

❸ 名에서 名까지

집에서 회사까지 얼마나 걸려요?

1시간

한 시간쯤 걸려요.

▶ '에서'는 장소를 나타내는 명사 뒤에 붙어 출발점을 나타내고, '까지'는 도착점 또는 어떤 범위의 끝을 나타냅니다.

「에서」接在指稱場所的名詞後面，表示出發地點；「까지」表示抵達地點或某個範圍的終點。

예 **집에서 학교까지** 멀어요.

고향에서 한국까지 두 시간쯤 걸려요.

가: **여기에서 박물관까지** 얼마나 걸려요?

나: 가까워요. 20분쯤 걸려요.

❹ 動 -아야/어야 되다

몇 시 비행기예요?

다섯 시 비행기예요.
세 시 반까지 공항에 가야 돼요.

▶ 동사 어간에 결합하여 어떤 일이나 상황에 대한 의무와 필요성을 나타냅니다.
接在動詞詞幹後面，表示對某件事或某個狀況的義務及必要性。

ㅏ, ㅗ	➡ -아야 되다	오다	**와야 되다**
그 외 모음	➡ -어야 되다	쉬다	**쉬어야 되다**
하다	➡ 해야 되다	요리하다	**요리해야 되다**

예 숙제를 공책에 **써야 돼요**.

내일 시험이 있어요. 오늘 **공부해야 돼요**.

가: 메일 보냈어요? 오늘 꼭 **보내야 돼요**.

나: 네. 지금 보내려고 해요.

▶ 격식적인 상황이나 글쓰기에서는 '-아야/어야 하다'를 자주 사용합니다.
在正式的場合或寫作時，經常使用「-아야/어야 하다」。

예 매일 운동을 **해야 합니다**.

극장에서는 휴대폰을 **꺼야 합니다**.

❶ 動 形 -지요?

테오 씨,
다니엘 씨의 전화번호를 알지요?

네. 알아요.
010-0880-5488이에요.

▶ 동사, 형용사 어간 뒤에 붙어서 알고 있는 사실을 확인하면서 물을 때 사용합니다.
接在動詞、形容詞詞幹後面，用於詢問及確認已知的事實。

받침 ○ + -지요?	좋다	**좋지요?**
받침 × + -지요?	가다	**가지요?**

예 가: 오늘 하이 씨를 **만나지요?**
　　나: 네. 만나요.

　　가: 오늘 날씨가 **춥지요?**
　　나: 네. 추워요.

▶ 과거의 상황을 나타낼 때에는 '-았지요/었지요?'를 사용합니다.
表示過去的情況時，使用「-았지요/었지요?」。

예 가: 메시지를 **받았지요?**
　　나: 아니요. 못 받았어요.

　　가: 시험이 **어려웠지요?**
　　나: 네. 어려웠어요.

▶ 미래의 상황을 나타낼 때에는 '-(으)ㄹ 거지요?'를 사용합니다.
表示未來的情況時，使用「-(으)ㄹ 거지요?」。

> 예 가: 내일도 학교에 **올 거지요?**
> 나: 네. 올 거예요.

▶ 명사의 경우 '(이)지요?'를 사용합니다.
名詞使用「(이)지요?」。

> 예 가: 다니엘 씨는 **선생님이지요?**
> 나: 아니요. 선생님이 아니에요.

▶ 듣는 사람이 그 대답을 안다고 생각할 때에는 의문사와 함께 '(이)지요?'를 사용하기도 합니다.
認為聽者知道答案時，可以結合疑問詞和「(이)지요?」一起使用。

> 예 가: 오늘이 **며칠이지요?**
> 나: 9월 23일이에요.
>
> 가: 시험이 **언제지요?**
> 나: 다음 주 수요일이에요.

TIPS

'-지요?'에 대한 대답에서는 '-지요'를 사용하지 않습니다.
針對「-지요?」回答時，不使用「-지요」。

예 가: 오늘도 숙제가 많지요?
나: 네. 많지요. (×) ➡ 네. 많아요. (○)

❷ 動形 -지만

어제 가족하고 영상 통화를 했어요?

아니요.
전화를 세 번 했지만 모두 안 받았어요.

▶ 동사, 형용사 어간에 결합하여 앞의 내용과 뒤의 내용이 반대, 대조되는 것을 나타냅니다.

接在動詞、形容詞詞幹後面，表示前句內容和後句內容為相反或對照的關係。

받침 ○ + -지만	좋다	**좋지만**
받침 × + -지만	가다	**가지만**

예 이 영화가 **재미있지만** 무서워요.

저 식당의 음식이 **맛있지만** 비싸요.

가: 이번 방학에 부산에 갈 거예요?

나: 아니요. 부산에 **가고 싶지만** 시간이 없어요. 그래서 못 가요.

▶ 과거의 상황을 나타낼 때는 '-았지만/었지만'의 형태로 사용합니다.

表示過去的情況時，使用「-았지만/었지만」的型態。

예 밥을 많이 **먹었지만** 배고파요.

어제 친구 집에 **갔지만** 친구가 없었어요.

가: 감기는 괜찮아요?

나: 아니요. 약을 **먹었지만** 많이 아파요.

▶ 명사의 경우 '(이)지만'을 사용합니다.
名詞使用「(이)지만」。

> 예 저는 한국 **사람이지만** 한국에 안 살아요.
>
> 그 사람은 **가수지만** 노래를 잘 못해요.

▶ 두 가지의 사실을 대조할 때에는 '은/는'을 사용합니다.
對比兩個事實時，使用「은/는」。

> 예 소고기**는 비싸지만** 돼지고기**는** 싸요.

TIPS

부탁을 하거나 양해를 구할 때는 '실례지만', '죄송하지만'을 사용합니다.
有事相求或請求諒解時，使用「실례지만」或「죄송하지만」。

> 예 실례지만 누구세요?
>
> 죄송하지만 오늘 학교에 못 가요.

❸ 動形-아서/어서

자밀라 씨, 부탁이 있어서 전화했어요.

네. 무슨 일이에요?

▶ 동사, 형용사 어간 뒤에 붙어서 앞의 말이 뒤의 말의 이유나 근거임을 나타냅니다.
接在動詞、形容詞詞幹後面，表示前句為後句的原因或根據。

ㅏ, ㅗ	➡	-아서	오다	**와서**
그 외 모음	➡	-어서	없다	**없어서**
하다	➡	해서	따뜻하다	**따뜻해서**

예 시험을 잘 **봐서** 기분이 좋아요.

냉면을 **좋아해서** 두 그릇 먹었어요.

가: 왜 전화를 안 받았어요?

나: **바빠서** 못 받았어요. 미안해요.

▶ 과거 시제와 함께 사용하지 않습니다.
不和過去式一起使用。

예 가: 어제 왜 산에 안 갔어요?

나: 비가 왔어서 안 갔어요. (×) ➡ 비가 와서 안 갔어요. (○)

TIPS

'-아서/어서'는 '-(으)세요', '-지 마세요', '-(으)ㄹ까요?'와 같은 명령형, 청유형의 문장에서는 사용하지 않습니다.
在「-(으)세요」「-지 마세요」「-(으)ㄹ까요?」等命令句、勸誘句中，不使用「-아서/어서」。

예 이 영화가 재미있어서 한번 보세요. (×) ➡ 이 영화가 재미있어요. 한번 보세요. (○)

날씨가 좋아서 같이 산책할까요?　 (×) ➡ 날씨가 좋아요. 같이 산책할까요?　 (○)

❹ 名(이)라서

▶ 명사에 결합하여 앞의 말이 뒤의 말의 이유나 근거임을 나타냅니다.

接在名詞後面，表示前句為後句的原因或根據。

받침 ○ + 이라서	주말	**주말이라서**
받침 × + 라서	가수	**가수라서**

예 요즘 **방학이라서** 학교에 안 가요.

크리스 씨는 **요리사라서** 요리를 잘해요.

가: 내일 회사에 가요?

나: 아니요. **휴가라서** 안 갈 거예요.

TIPS

'(이)라서'는 '-(으)세요', '-지 마세요', '-(으)ㄹ까요?'와 같은 명령형, 청유형의 문장에서는 사용하지 않습니다.

在「-(으)세요」「-지 마세요」「-(으)ㄹ까요?」等命令句、勸誘句中，不使用「(이)라서」。

예 밤이라서 전화하지 마세요. (×) ➡ 밤이에요. 전화하지 마세요. (○)

① 動 形 -네요

▶ 동사, 형용사 어간에 결합하여 말하는 사람이 직접 경험해서 새롭게 알게 된 사실을 나타냅니다.
이때 감탄하거나 놀라며 말하는 느낌이 있습니다.

接在動詞、形容詞詞幹後面，表示話者直接經歷而新得知的事實。說話時帶有感嘆或驚訝的感覺。

받침 ○ + -네요	좋다	좋네요
받침 × + -네요	가다	가네요

예 오늘 날씨가 **맑네요**.
비가 많이 **오네요**.

가: 여기가 여의도 공원이에요.
나: 사람이 정말 **많네요**.

▶ 명사의 경우 '(이)네요'를 사용합니다.
名詞使用「(이)네요」。

예 벌써 **9월이네요**.

▶ 이미 끝난 일에 대해 이야기할 때는 '-았네요/었네요'를 사용합니다.
陳述已經結束的事情時，使用「-았네요/었네요」。

예 눈이 많이 **왔네요**.
책을 빨리 **읽었네요**.

❷ 形-(으)ㄴ 名

저 옷 어때요?

괜찮네요.
그런데 저는 좀 짧은 옷을 사고 싶어요.

▶ 형용사 어간에 결합하여 뒤의 명사를 꾸며 주면서 명사의 현재 상태를 나타냅니다.
接在形容詞詞幹後面，用於修飾後面的名詞，並表示名詞目前的狀態。

받침 ○ + -은	좋다	**좋은**
받침 × + -ㄴ	예쁘다	**예쁜**

예 키가 **큰 사람**은 제 동생이에요.

한국에서 제일 **높은 산**은 한라산이에요.

가: **어떤 음식**을 좋아해요?

나: 저는 **매운 음식**을 좋아해요.

TIPS

'맛있다, 맛없다, 재미있다, 재미없다'는 '맛있는, 맛없는, 재미있는, 재미없는'으로 사용합니다.
「맛있다、맛없다、재미있다、재미없다」使用「맛있는、맛없는、재미있는、재미없는」的型態。

예 **맛있는** 음식을 먹고 싶어요.

저는 **재미있는** 영화를 좋아해요.

❸ 'ㄹ' 탈락

> 여기에서 한복도 파네요.

> 네. 여기에 예쁜 한복이 많아요.

▶ 어간이 'ㄹ' 받침으로 끝나는 일부 동사, 형용사가 'ㄴ, ㅂ, ㅅ'으로 시작하는 어미와 결합하는 경우, 'ㄹ' 받침이 탈락됩니다.
帶有「ㄹ」終聲的部分動詞、形容詞，接上以「ㄴ、ㅂ、ㅅ」開頭的語尾時，「ㄹ」終聲脫落。

	-아요/어요	-아서/어서	-지요?	-네요	-ㅂ니다/습니다
살다	살아요	살아서	살지요?	**사네요**	**삽니다**
만들다	만들어요	만들어서	만들지요?	**만드네요**	**만듭니다**
길다	길어요	길어서	길지요?	**기네요**	**깁니다**

예 저는 형하고 같이 **삽니다**.
오늘은 토요일이라서 은행 문을 안 **엽니다**.

가: 나나 씨가 **우네요**. 무슨 일 있어요?
나: 정말요? 저도 몰라요.

▶ '-(으)ㄹ까요?', '-(으)ㄹ 거예요' 등 '-(으)ㄹ' 형태의 어미와 결합할 때도 'ㄹ' 받침이 탈락됩니다.
接上「-(으)ㄹ까요?」「-(으)ㄹ 거예요」等「-(으)ㄹ」型態的語尾時，終聲「ㄹ」也會脫落。

예 비빔밥을 **만들 거예요**.

❹ 動-는 名

여기는 제가 자주 오는 옷 가게예요.

예쁜 옷이 많네요.

▶ 동사 어간과 결합하여 명사를 꾸며 주면서 동사의 행동이 현재 일어남을 나타냅니다.
接在動詞詞幹後面，用於修飾後面的名詞，並表示動詞的動作正在發生。

받침 ○ + -는	먹다	**먹는**
받침 × + -는	가다	**가는**

예 제가 **좋아하는 음식**은 비빔밥이에요.

이 노래는 제가 자주 **듣는 노래**예요.

가: 엥흐 씨하고 **이야기하는 사람**은 누구예요?

나: 엥흐 씨의 고향 친구예요.

❶ 動-(으)러 가다/오다

지금 어디에 가요?

식당에 밥을 먹으러 가요.

▶ 동사 어간 뒤에 붙어서 이동의 목적을 나타냅니다.
接在動詞詞幹後面，表示移動的目的。

받침 ○ + -으러 가다/오다	읽다	**읽으러 가다/오다**
받침 × + -러 가다/오다	보다	**보러 가다/오다**

예 공원에 자전거를 **타러 가요**.

　 토요일이지만 회사에 **일하러 가야 돼요**.

　 가: 한국에 뭐 **하러 왔어요**?

　 나: 한국어를 **배우러 왔어요**.

❷ 動-(으)ㄹ 수 있다/없다

> 10시까지 우리 집으로 올 수 있어요?

> 네. 갈 수 있어요.

▶ 동사 어간과 결합하여 능력이나 가능성을 나타냅니다. 능력이나 가능성이 있을 때는 '-(으)ㄹ 수 있다'를 사용하고, 없을 때는 '-(으)ㄹ 수 없다'를 사용합니다.

接在動詞詞幹後面，表示能力或可能性。具備能力或可能性時，使用「-(으)ㄹ 수 있다」；不具備能力或可能性時，使用「-(으)ㄹ 수 없다」。

받침 ○ + -을 수 있다/없다	읽다	읽을 수 있다/없다
받침 × + -ㄹ 수 있다/없다	오다	올 수 있다/없다

예 저는 한국어로 노래를 **할 수 있어요**.

오늘은 일이 많아서 친구를 **만날 수 없어요**.

가: 한국 음식을 **만들 수 있어요**?

나: 비빔밥은 **만들 수 있지만** 불고기는 못 만들어요.

TIPS

'-(으)ㄹ 수 없다'는 '못'으로 사용하기도 합니다.
「-(으)ㄹ 수 없다」也可以改用「못」。

예 피아노를 칠 수 없어요. = 피아노를 못 쳐요.

❸ 動 -고 있다

> 동사 어간 뒤에 붙어서 어떤 동작이 현재 진행되고 있음을 나타냅니다.
接在動詞詞幹後面，表示動作正在進行。

받침 ○ + -고 있다	읽다	**읽고 있다**
받침 × + -고 있다	가다	**가고 있다**

예　하이 씨는 지금 **식사하고 있어요.**

　　　전화를 **하고 있는** 사람은 나나 씨예요.

　　　가: 왜 전화를 안 받았어요?

　　　나: 아까 **회의하고 있어서** 못 받았어요. 미안해요.

> 어떤 동작이 현재를 포함하여 일정 기간 반복되는 경우에도 '-고 있다'를 사용할 수 있습니다.
某些動作在一定時間內（包含現在）反覆發生時，也可以使用「-고 있다」。

예　요즘 저는 한국어를 **배우고 있어요.**

　　　저는 한국 회사에서 **일하고 있어요.**

TIPS

부정을 나타낼 때는 '안'을 사용합니다.
表示否定時，使用「안」。
예　제니 씨는 지금 자고 없어요. (×) ➡ 제니 씨는 지금 안 자고 있어요. (○)

❹ 動-(으)면서

어제 파티에서 뭐 했어요?

노래를 하면서 춤을 췄어요.

▶ 동사 어간 뒤에 붙여 두 개의 동작을 동시에 할 때 사용합니다.
接在動詞詞幹後面，用於兩個動作同時發生時。

| 받침 ○ + -으면서 | 읽다 | **읽으면서** |
| 받침 × + -면서 | 가다 | **가면서** |

예　**운전하면서** 전화하지 마세요.

저는 매일 밥을 **먹으면서** 한국 드라마를 봐요.

가: 어제 뭐 했어요?

나: 친구하고 공원에서 **이야기하면서** 산책했어요.

▶ 과거 시제와 함께 사용하지 않습니다.
不和過去式一起使用。

예　가: 어제 뭐 했어요?

나: 텔레비전을 봤으면서 밥을 먹었어요. (×) ➡ 텔레비전을 보면서 밥을 먹었어요. (○)

TIPS

앞, 뒤의 주어가 다른 경우에는 '-(으)면서'를 사용하지 않습니다.
前後句主語不同時，不使用「-(으)면서」。

예　하이 씨는 책을 읽으면서 다니엘 씨는 커피를 마셔요. (×)
➡ 하이 씨는 책을 읽고 다니엘 씨는 커피를 마셔요. (○)

❶ 動 形 -(으)세요, 名 (이)세요

어머니는 무슨 일을 하세요?

피아노를 가르치세요.
피아노 선생님이세요.

▶ 사회적인 지위, 나이, 가족 관계를 고려하여 화자가 문장의 주어를 높일 때 사용합니다.
用於話者評估社會地位、年齡、家庭關係後，尊稱句子的主語時。

받침 ○ + -으세요	읽다	**읽으세요**
받침 × + -세요	친절하다	**친절하세요**

받침 ○ + 이세요	회사원	**회사원이세요**
받침 × + 세요	요리사	**요리사세요**

예 우리 할아버지는 **군인이세요**.
부모님은 요즘 춤을 **배우세요**.
할머니는 키가 **크세요**.

가: 선생님, 지금 어디에 **가세요**?
나: 저는 식당에 가요.

▶ '이/가 아니에요'는 '이/가 아니세요'로 사용합니다.
「이/가 아니에요」改用「이/가 아니세요」表示。

예 우리 아버지는 **회사원이 아니세요**. 기자세요.

TIPS

문장의 주어가 '저, 나'인 경우, '-(으)세요', '(이)세요'를 사용하지 않습니다.
句子的主語為「저、나」時，不使用「-(으)세요」「(이)세요」。
예 저는 영어 선생님이세요. 저는 영어를 가르치세요.　（×）
➡ 저는 영어 선생님이에요. 저는 영어를 가르쳐요.　（○）

❷ 名한테/께

▶ 사람이나 동물 뒤에 붙어서 그 사람이나 동물이 동작의 대상임을 나타냅니다. 대상을 높여야 할 때에는 '께'를 사용합니다.

接在人或動物後面，表示當事人或動物為動作的對象。必須尊稱對方時，使用「께」。

名한테	名께
저는 **친구한테** 메일을 쓸 거예요. 언니는 **동생한테** 메시지를 보냈어요.	저는 **선생님께** 메일을 쓸 거예요. 언니는 **할머니께** 메시지를 보냈어요.

▶ 대상이 사람이나 동물이 아닐 때에는 '에'를 사용합니다.

對象不是人或動物時，使用「에」。

> 예 저는 **학교에** 메일을 보내려고 해요. 오빠는 **병원에** 전화를 했어요.

▶ 글을 쓰거나 격식적인 상황에서 말할 때에는 '에게'를 사용합니다.

在寫作或正式的場合時，使用「에게」。

> 예 오늘 **여러분에게** 우리 회사의 새 휴대폰을 소개하려고 합니다.

TIPS

동사 '주다'의 경우, 대상을 높일 때에는 '드리다'를 사용하고 주어를 높일 때는 '주시다'를 사용합니다.

如果是動詞「주다」，在尊稱對方時使用「드리다」，尊稱主語時使用「주시다」。

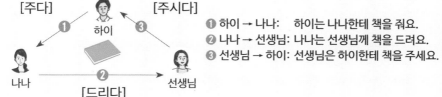

[주다] [주시다]
하이

❶ 하이 → 나나:　하이는 나나한테 책을 줘요.　　　[주다]
❷ 나나 → 선생님: 나나는 선생님께 책을 드려요.　　[드리다]
❸ 선생님 → 하이: 선생님은 하이한테 책을 주세요. [주시다]

나나 선생님
[드리다]

③ 動形-(으)셨어요, 動-(으)실 거예요

부모님이 모두 한국에 오셨어요?

아니요. 어머니만 오셨어요.
아버지는 내년에 오실 거예요.

▶ 동사, 형용사 어간과 결합하여 화자가 문장의 주어를 높일 때 사용하며, 과거의 일이나 상황은 '-(으)셨어요', 미래의 일은 '-(으)실 거예요'를 씁니다.

接在動詞、形容詞詞幹後面，用於話者尊稱句子的主語時。過去事實或情況使用「-(으)셨어요」，未來式使用「-(으)실 거예요」。

| 받침 ○ + -으셨어요 | 읽다 | **읽으셨어요** |
| 받침 × + -셨어요 | 가다 | **가셨어요** |

| 받침 ○ + -으실 거예요 | 읽다 | **읽으실 거예요** |
| 받침 × + -실 거예요 | 가다 | **가실 거예요** |

예 지난 주말에 할머니가 저한테 **전화하셨어요**.

아버지는 지난주에 **바쁘셨어요**.

어머니는 저를 만나러 한국에 **오실 거예요**.

할머니는 다음 달부터 요가를 **배우실 거예요**.

가: 선생님, 어제 뭐 **하셨어요**?

나: 저는 집에서 쉬면서 책을 읽었어요.

TIPS

'-시-'는 어떤 동작이나 상태의 주체를 높이는 뜻을 나타내는 어미입니다.
語尾「-시-」用於尊稱某個動作或狀態的主體。
예 아버지는 책을 읽으시고 어머니는 영화를 보세요.

❹ 'ㄷ' 불규칙

> 어간이 'ㄷ' 받침으로 끝나는 동사 중, '걷다, 듣다'와 같은 'ㄷ' 불규칙 동사는 'ㅏ, ㅗ' 등의 모음으로 시작하는 어미와 결합할 때 받침 'ㄷ'이 'ㄹ'로 바뀝니다.
>
> 在詞幹以「ㄷ」終聲結尾的動詞當中，如「걷다、듣다」這類「ㄷ」不規則動詞，接上以「ㅏ、ㅗ」等母音開頭的語尾時，終聲「ㄷ」變為「ㄹ」。

	-고 있어요	-ㅂ니다/습니다	-아요/어요	-으세요/세요	-아서/어서
걷다	걷고 있어요	걷습니다	**걸어요**	**걸으세요**	**걸어서**
듣다	듣고 있어요	듣습니다	**들어요**	**들으세요**	**들어서**

예 비가 많이 오고 있어요. 날씨 뉴스를 잘 **들으세요**.

저는 한국 음악을 듣지만 제 동생은 안 **들어요**.

가: 날씨가 좋네요. 우리 나가서 좀 **걸을까요**?

나: 좋아요. 같이 **걸어요**.

TIPS

어간이 'ㄷ' 받침으로 끝나는 동사 중에는 '받다, 닫다'와 같이 불규칙 활용을 안 하는 동사도 있습니다.

在詞幹以「ㄷ」終聲結尾的動詞當中，也有像「받다、닫다」這類沒有出現不規則變化的動詞。

예 생일 축하해요! 제 선물을 발으세요. (×) ➡ 받으세요. (○)

單元16

❶ 動-아/어 주세요

▶ 동사 어간과 결합하여 말하는 사람을 위해 동사의 행동을 해 달라고 말할 때 사용합니다.

接在動詞詞幹後面，用於為了話者要求動詞的動作時。

ㅏ, ㅗ	➡ -아 주세요	가다	**가 주세요**
그 외 모음	➡ -어 주세요	가르치다	**가르쳐 주세요**
하다	➡ 해 주세요	청소하다	**청소해 주세요**

예 창문 좀 **열어 주세요**.
에어컨 좀 **꺼 주세요**.

가: 사무실 전화번호 좀 **가르쳐 주세요**.
나: 네. 잠깐만 **기다려 주세요**.

TIPS

'-아/어 주세요'는 동사 '주다'와는 안 씁니다.
「-아/어 주세요」不和動詞「주다」一起使用。
예 볼펜 좀 줘 주세요. (×) ➡ 볼펜 좀 주세요. (○)

❷ 動-아서/어서

방학에 뭐 할 거예요?

부산에 가서 시장을 구경하려고 해요.

▶ 동사 어간 뒤에 붙어서 앞과 뒤의 일이 차례대로 일어남을 나타냅니다.
接在動詞詞幹後面，表示前後句的內容依序發生。

ㅏ, ㅗ	➡ -아서	가다	**가서**
그 외 모음	➡ -어서	만들다	**만들어서**
하다	➡ 해서	요리하다	**요리해서**

> 예 주말에 백화점에 **가서** 옷을 샀어요.
> 친구를 **만나서** 같이 한국어를 공부할 거예요.
>
> 가: 저녁에 김밥을 **사서** 먹을까요?
> 나: 제가 김밥을 만들 수 있어요. 김밥을 **만들어서** 먹어요.

▶ 주로 '가다, 오다, 만나다, 만들다, 요리하다, 일어나다' 등의 동사와 함께 씁니다.
主要和「가다、오다、만나다、만들다、요리하다、일어나다」等動詞一起使用。

> 예 저는 보통 **요리해서** 먹어요.

▶ 앞과 뒤의 주어가 같아야 하고 '-아서/어서' 앞에 과거 '-았/었-'은 쓰지 않습니다.
前後句的主語必須相同，「-아서/어서」前面不使用過去式「-았/었-」。

> 예 아침에 일어났어서 세수했어요. (×) ➡ 아침에 일어나서 세수했어요. (○)

❸ 動形 -(으)면

▶ 동사, 형용사 어간 뒤에 붙어서 조건이나 가정을 나타냅니다.
接在動詞、形容詞詞幹後面，表示條件或假設。

받침 ○ + -으면	읽다	**읽으면**
받침 × + -면	흐리다	**흐리면**

예 날씨가 **좋으면** 공원으로 산책하러 갈 거예요.

비가 **오면** 집에서 쉴 거예요.

가: 시험이 **끝나면** 뭐 할 거예요?

나: 집에서 쉴 거예요.

❹ 動-아/어 보세요

고향에서 친구들이 한국에 와요.
뭘 먹으면 좋을까요?

친구들이 매운 음식을 좋아하면
닭갈비를 한번 먹어 보세요.

▶ 동사 어간 뒤에 붙여 동사의 행동을 시도하라고 제안할 때 사용합니다.

接在動詞詞幹後面，用於提議嘗試動詞的動作。

ㅏ, ㅗ	➡ -아 보세요	가다	**가 보세요**
그 외 모음	➡ -어 보세요	만들다	**만들어 보세요**
하다	➡ 해 보세요	요리하다	**요리해 보세요**

예 이 책 한번 **읽어 보세요**.

이 노래 **들어 보세요**. 노래가 정말 좋아요.

가: 구두가 예쁘네요.
나: 네. 한번 **신어 보세요**.

TIPS

'-아/어 보세요'는 '한번'과 함께 많이 씁니다.
「-아/어 보세요」經常和「한번」一起使用。

예 이 옷 한번 **입어 보세요**.